어느 날 고양이가 내게로 왔다

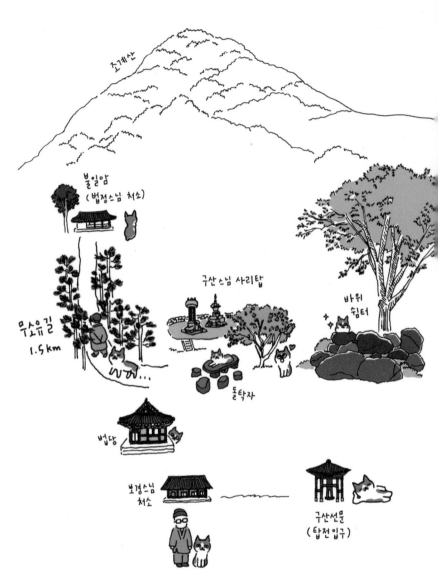

조계산

불일암
(법정스님 처소)

구산스님 사리탑

바위
쉼터

무소유길
1.5 km

돌탁자

법당

보경스님
처소

구산선문
(탑전입구)

송광사 탑전 냥이의 활동영역

큰 절 (송광사)

일주문

송광사 탑전 고양이(냥이)의 활동 영역 설명서

○ **일주문**

송광사로 들어가는 첫번째 문이다.
세상의 온갖 번뇌를 버리고
깨끗한 마음으로 문을
통과하라는 뜻이 담겨 있다.

○ **송광사**(큰절)

전남 순천 조계산 서쪽 기슭에
자리한 절. 이 책에서는 '큰절'
이라고 한다. 보경 스님은
이곳으로 스님이 되려고 왔다.
냥이는 시골집에서 키워지다
쥐를 잡으라는 임무를 띠고
이곳 공양간으로 왔다.
지난해 겨울, 어느 날 냥이는
큰집에서 탑전으로 건너가
어슬렁거리다, 보경 스님은
서울 생활을 접고 내려와
산책과 독서를 일삼던 중
처음 만났다.

○ **탑전**(塔殿)

송광사 방장 스님이었던
구산 스님(1909-1983)의 사리탑을
모신 전각(殿), 한편 탑전은
부도탑이 모여 있는 밭(田)이란
뜻도 된다. 탑전에 보경 스님의
방이 있고, 이 일대가 냥이의
활동 영역이다.

○ **구산 선문**

탑전으로 들어가는 입구,
문 형태가 특이하다.
고목의 가운데를 파서 이곳을
들어가려면 누구나 고개를
숙이고 허리를 굽혀야 한다.
오직 어린아이, 냥이만이
허리를 굽히지 않고 들어갈 수 있다.

○ **보경 스님과 냥이 처소**

이곳은 전체 14칸의 방이 있으며
그중 한 칸이 보경 스님 방이다.
냥이는 주로 맨 끝 보일러실에
머무는데 무려 여섯 개의 박스가
마련되어 있다.
물론 가끔 보경 스님이 허락하면,
그러니까 냥이의 눈빛이 어딘가
슬퍼 보이거나 조금 다쳐서
들어오는 날이면 스님의 방에서
하룻밤 머물기도 한다.

여름에는 배롱나무 아래 돌 탁자

배롱나무는 늦은 봄부터 늦여름까지
피어 있다. 잎이 커지고 다홍빛 꽃이
흐드러지게 피어 그림자가 짙어지면
냥이는 줄곧 냉기가 배어 있는
돌 탁자에 엎드려 더위를 피하곤 한다.
흠흠, 부드러운 꽃향기를 맡으면서.

바위 쉼터

밤 10시는 보경 스님과 냥이의
산책 시간. 나갈 때는 둘이지만
들어올 때는 함께 오지 않는다.
냥이는 스님이 먼저 들어가는 것을
보고 난 뒤 종종 돌무더기 위에 배를
깔고 눕는다. 자신은 혼자 더 시간을
보내겠다는 뜻이다.
또 스님이 외출하면 돌아올 때까지
이곳에 앉아 스님을 기다린다.

겨울에는 구산 스님 사리탑

구산 스님 사리를 모신 탑에는
하루 종일 햇볕이 든다. 늦가을부터는
오후 즈음이면 탑이 따뜻하게 달구어진다.
따뜻한 온기를 느끼며 단풍 든 조계산
자락과 뉘엿뉘엿 넘어가는 노을을
감상하는 냥이의 최적 뷰포인트이다!
보경 스님이 숨바꼭질을 좋아한다고
생각하는 냥이는 곧잘 탑 사이에 숨어
스님을 부른다.

불일암과 무소유길

불일암은 법정 스님이
사셨던 곳이다. 스님의 유해가
후박나무 밑에 모셔져 있다.
봄부터 늦가을까지 소담한
채소밭과 잎이 넓은 파초가 보기에
참 좋다. 법정 스님은 이곳에서
낮에는 밭을 매고 밤에는 글을
쓰셨다. 법정 스님은 생전에
보경 스님의 글을 보고 "좋다"고
칭찬하셨다.
탑전에서 불일암까지 1.5km를
'무소유의 길'이라 한다.
보경 스님이 사랑하는 산책 코스로
냥이가 따라 나설 때도 있다.
길이 비탈지고 험하지만 냥이는
곧잘 스님 뒤를 졸졸 따라가는데,
골똘히 생각에 빠진 스님을
보디가드 하느라 가끔씩 뒤를
돌아보며 경계를 게을리하지 않는다.

두 번째 이야기

가끔은 사랑하는 사람에게 상처를 맡겨도 된다

세 번째 이야기

지금 당신은
꽃향기를
맡고 있습니까

바라보기와 기다리기

"네가 오후 4시에 온다면
나는 오후 3시부터 행복해지기 시작할 거야."
___《어린왕자》, 생텍쥐페리

지난봄, 보성 대원사 티베트박물관에서 전시중인 〈어린왕자 특별전〉을 보고 왔다. 대원사는 광주와 송광사의 중간 지점에 위치한 절이고, 봄이 되면 '한국의 아름다운 길 100선'에 꼽힐 만큼 십리 벚꽃길이 장관을 이루는 곳이다. 연초부터 여기저기 전시 현수막이 걸려 있어서 호기심이 일긴 했지만 정작 들어가 본 적은 없었다. 그러다 한 행사장에서 티베트박물관장인 현장 스님을 뵈었더니 한번 구경 오라는 말씀을 하셔서 날을 잡아 건너가 보았다. 그렇잖아도 인적 드문 전라도 깊은 시골 절인데 그날은 봄비까지 하루 종일 내려서인지 도량에는 아무도 보이지 않았다. 전시는 생텍쥐페리재단의 협력으로 한불수교 130주년을 기념하여 마련되었다. 전시장은 넓지 않았지만 네 공간으로 구성되어 작가의 일면을 보여주었고, '어린왕자 미공

개 삽화전'에선 생텍쥐페리가 최초로 습작했던 어린왕자와 인물들의 드로잉 등이 걸려 있었다. 그중에 유독 나의 관심을 끌었던 것은 '언덕 위에 누워 있는 어린왕자' 삽화였다. 탑전에서 나와 살고 있는 고양이를 볼 때마다 혼자 지내는 안쓰러움이 항상 마음에 걸리는데, 우주의 어느 별에 홀로 존재하지만 외로움을 상관하지 않는 어린왕자가 고양이와 겹쳐졌다. 나는 사숙님을 찾아뵙지도 않고 고양이가 기다리는 탑전으로 급히 돌아섰다.

최근엔 편집자와 메일을 주고받으며 막바지 원고 손질을 해야 하는 바쁜 일정 속에서 부득이 일을 미뤄놓고 한 이틀 서울 나들이를 하게 되었다. 통상 원고가 마무리되고 큰 틀에서 편집방향이 잡히면 세세한 교정 작업과 함께 북디자이너의 솜씨가 발휘되는 단계에 이르게 된다. 내가 편집자로부터 메일을 받은 때가 거의 그 무렵이었다. 책과 관련하여 여러 얘기가 있었지만 유독 머릿속에 맴도는 것은, 책의 삽화는 하루키의 여러 책에 삽화를 그린 안자이 미즈마루 풍을 생각하고 있습니다, 하는 말이었다. 이 사람의 이름까지 기억이 나는 건 아니었지만 대충 무엇을 말하는지 알 것 같았다. 인터넷에 저자를 검색해보니 《마음을 다해 대충 그린 그림》이라는 안자이 미즈마루의 책이 나와 있어서 서울에 가면 바로 받아볼 수 있도록 법련사에 구입을 부탁해놓았다. 과연 이번 책에 실리게 될 삽화가 글과 어떻게 조화를 이룰지 가늠해보고 싶었기 때문이다. 예상대로 '푹신푹신한 고양이'나 '다양한 무라까미 씨' 같은 익숙한 그림들이 있었다. 안자이 미즈마루는 "사람은 이상한 것을 보면 마가 끼어서 이상해진다"라는 말을 한 적이 있다. 그러고 보니 고양이를 만나 책까지 내게 되었으니 마가 껴도 큰 마가 낀 것이다. '별난 짓을 한다' 할까 봐서 어디 말도 못하고 몰래 저지른 일이니…….

내가 어쩌다 떠돌이 산중 고양이를 기르게 되었을까? 이 '갑작스러운' 인연이 영글어가면서 나는 색다른 경험을 해볼 수 있었다. 어쩌면 '고양이가 나에게 가르쳐준 것들' 정도가 되겠는데, 사람들 속에서는 알기 어려운 많은 것을 깨닫게 해주었다. 고양이는 '바라보기'와 '기다리기'라는 두 가지의 교훈을 안겼다. 고양이는 정말이지 바라보기를 좋아한다. 그래서 될 수 있으면 1센티미터라도 높은 자리를 선호한다. 그리고 바라본다. 오직 움직이는 것은 꼬리뿐이다. 이 꼬리의 동작이 부동의 지루함을 상쇄하는 작용을 하는 것은 아닐까 하는 생각이 들었다. 이 바라보기는 불교적 수행이나 일상의 성찰에서도 중요한 요소가 된다. 마음의 모든 것은 진지하게 바라보면 가라앉으면서 소멸된다. 번뇌의 불이 꺼지는 것이다. 얼굴을 보여주는 거울은 있지만 마음을 보여주는 거울은 어디에도 없다. 따라서 자기성찰을 통해 마음을 들여다보아야 한다. 고양이의 바라보기를 통해 나는 참선을 색다르게 생각해보는 계기가 되었다.

다음은 기다림의 교훈이다. 에픽테토스는 '인생의 중요한 법칙은 참을 줄 아는 것이고 지혜의 절반은 인내에 있다'라고 했다. 기다림과 인내는 함께 이해해야 할 성질의 것이다. 생각해보면 우주만물의 모든 것은 시간의 산물이고 시간 속에서 생멸을 거듭한다. 이 시간의 운명을 거스르면 죽음과 파멸에 떨어지고 순리에 따르고 기다리면 없던 일도 만들어진다. 삶의 긍정과 생성이라는 왕궁의 주춧돌은 시간으로 만들어지는 것이 아닐까. 그래서 발타자르 그라시안은 '신은 회초리가 아니라 시간으로 인간을 단련한다'고 하면서 '진리는 시간의 팔에 기대어 절뚝거리며 언제나 맨 마지막에 온다'라고 삶의 은근한 끈기를 권했다.

나는 다시 태어나도 출가자의 길을 걷고 싶다. 만약, 만약에 시간이 500년쯤 훌쩍 지나 산중 암자에서 일어난 고양이와의 이 이야기를 읽게 된다면, 나는 전생의 나를 예감할 수 있을까? 훗날 다시 존재할 내 자신을 위한 연결고리 하나 정도는 이번 생에서 걸어놓고 싶은 꿈같은 바람이 없지 않다. 그런 까닭에 처음엔 나만의 이야기로 마음에 담고 말까 적잖이 망설여지기도 했다. 하지만 다시 작아질까 두려워 자라는 것을 포기하거나 울게 될 것이 두려워 웃는 것을 포기하지는 말자고 용기를 냈다.

우리는 최첨단의 시대를 살아가면서도 심리적으로 더욱 고립되고 외로워하는 것처럼 보인다. 그래서인지 세계 어느 곳이나 동물을 동반자로 생각하고 함께 살아가는 사람이 늘어가는 추세라고 한다. 우리에게는 인간 삶의 좋은 일들을 보고 듣고 싶어 하는 사람들에게 마음껏 이야기할 의무가 있다. 왜냐하면 세상은 개인이 체험한 기쁨의 지혜를 몹시도 필요로 하기 때문이다. 이것이 '마가 낀' 이상한 이야기를 책으로 엮게 되는 강한 자극이 되었다.

책 속에 등장하는 탑전 고양이는 '오후 4시'가 아니어도 하루 어느 때건 항상 설레게 한다. 동물을 사랑하는 모든 사람들이 느끼는 것처럼!

불광출판사가 고맙고, 일러스트를 넣어준 권윤주 작가가 고맙고, 나에게 와준 냥이가 고맙고, 동물을 사랑하는 모든 이들이 고맙다.

조계산 송광사 탑전에서
보경 합장

우리는 모두
하나의 섬을
안고
살아간다

고양이 한 마리가 나를 향해 걸어오다

고양이를 좋아하나요?

이니면 고양이를 잘 알고 있나요?

초겨울에 첫 만남이 있은 후 해가 바뀐 지 며칠밖에 지나지 않았다. 인연이란 알 수 없게 찾아오고 또 끝이 나니 언제까지 이야기가 얼마나 지속될지 모르나, 새로운 삶을 결심하고 돌아온 내 공간에서 지내게 된 후 지난겨울 동안 나에게는 아주 특별한 인연이 시작되었다.

지금까지 내가 읽은 책 중에서 동물에 대한 이야기로 가장 인상 깊었던 것은 장 그르니에의 《어느 개의 죽음에 대하여》를 들 수 있다. 1990년대 초반이었을까? 그때는 니코스 카잔차키스의 전집, 니체의 전집, 카뮈의 책들, 그리고 장 그르니에의 전집 등 손에 잡히는 대로 책을 읽어가던 시절이었다.

장 그르니에 하면 떠오르는 게 《섬》이다. 소설가 알베르 카뮈는 《섬》을 처음 읽은 뒤의 설렘과 기쁨을 담아 이런 감상을 남겼다.

나는 다시 그날 저녁으로 되돌아가고 싶다. 거리에서 이 작은 책을 펼치고 나서 겨우 처음 몇 줄을 읽어보고 다시 덮고는 가슴에 꼭 끌어안고 아무도 보지 않는 곳에서 정신없이 읽기 위해 내 방에까지 달려왔던 그날 저녁으로. 그리고 나는 아무런 마음

의 고통을 느끼지 못하고, 부러워한다. 오늘 처음
으로 이 책을 열어 보게 되는 저 알지 못하는 젊은
사람을 너무나도 열렬히 부러워한다.

얼마나 좋았으면 혼자만의 공간에서 펼쳐보고 싶었을까.《섬》
은 장 그르니에의 글도 좋지만 카뮈의 이야기가 덧붙여져 몇
곱절 소중하게 느껴지는 책이다. 나는《섬》을 읽고는 그의 전
집을 마저 읽게 되었다. 전체 21권 중에서도《지중해의 영감》
그리고《어느 개의 죽음에 대하여》가 특히 좋았다. 지금도 이
책들을 가끔씩 들쳐보곤 하는데, 개를 좋아하는 나에게는 그
느낌이 따뜻하게 다가온다.

고양이는 어떤가.

농사를 짓는 시골에서 자란 나는 고양이를 적지 않게 겪
어봤다. 광이나 곡식 창고에 드나드는 쥐들의 극성 때문에라
도 고양이는 절대적으로 필요한 존재였다. 어른들은 고양이를
예뻐하며 소중히 여기지만 어린 우리 형제들에게는 달갑지 않
았다. 우선 한 방에서 자야 하고 방에 똥이나 오줌을 누고 나
면 냄새부터가 지독했다. 그래서 고양이를 미워라 하면 붉은
피가 보이는 상태의 쥐를 물고 방에 들어와 우리를 깜짝 놀래
키기도 했다.

한편 고양이는 어린 마음을 아프게도 했다. 당시 시골에

서는 쥐가 골치여서 호박잎에 독한 약을 쌀과 함께 버무려 쥐가 다니는 길목이며 논두렁에 놓아두기 때문에 마을 전체가 쥐약으로 된 지뢰밭과 다름없다. 그래서 개나 고양이를 줄에 단단히 묶어놓고 조심한다지만 통제가 잘 되질 않는다. 따라서 개나 고양이가 제 명을 살고 간다는 것은 드문 일처럼 느껴졌다. 고양이가 쥐약을 먹고 위독한 상태가 되면 할머니는 녹두죽을 끓여 고양이에게 먹였다. 녹두가 해독 작용이 있어서 그렇게 한다 했지만 다시 살아난 고양이는 본 적이 없고 대부분 그대로 죽음에 이르렀다. 그럴 때마다 고양이가 불쌍하고 마음이 아팠다. 미워만 하고 맞게 되는 이별이 조금 슬프기도 했고, 사이좋게 지내지 못한 것이 어린 마음에도 적잖이 후회가 되었다.

나는 지금도 녹두죽을 먹지 않는다.

고양이에 관해 다시 생각해보게 된 것은 무라카미 하루키의 책에서 자주 읽게 되면서부터다. 미셸 투르니에나 또 마르케스처럼 작고한 작가들은 새 책이 나왔는지 기대해볼 수도 없어서 항상 그립고 아쉬움이 남는 반면, 하루키 같은 작가는 언제든 신간을 기대해볼 수 있어서 좋다. 고양이에 대한 이야기로 특히 기억나는 것은, 다섯 마리 중에 한 마리 꼴로 성격 좋은 고양이가 있다는 말이었다. 사람도 팔자를 들먹이는데 고양이도 타고나는 게 있나 보다. 그래서 우연히 고양이를 보게 되면 '저 고양이는 성격이 어느 쪽에 속할까?' 하는 생각을 자연스레 하게 되는 것이다.

절은 '불살생(不殺生)'이 제1계일 정도로 생명체를 소중히 여기고 여간해서는 해치려 하지 않는다. 그럼에도 불구하고 절에서 동물을 기르지 않는 것은 절 자체가 대중생활을 원칙으로 하며 개인의 소유물을 극히 제한하기 때문이다. 또한 전통적으로 탁발에 의지하여 공양을 해결하는 방식이라서 절에서 요리하여 먹을 일이 없는 것도 한 원인이 될 것이다(이것은 태국이나 미얀마 같은 남방의 전통이고 중국을 비롯한 동아시아권에서는 사원 안에서 공양을 해결했다). 요즘은 시골의 절에서는 사람을 구하기도 어렵거니와 형편이 넉넉지 않아 경비 삼아 진돗개 한두 마리 정도 키우는 것은 어렵지 않게 볼 수 있다.

시대의 풍속도 많이 변하여 개나 고양이를 기르는 사람들이 많아졌다. 반면 무책임하게 버려지는 것들도 적지 않아 도시건 시골이건 골치를 썩인다. 사찰에도 가끔 개나 고양이를 버려놓고 가는 사람들이 있고, 그런 연유로 절에서 살아가는 축생들이 생겨난다.

산중에서 동물을 내 손으로 기르게 되리라고는 꿈에도 생각해보지 못했다. 그런데, 그런데 정말 뜻밖에도 고양이 한 마리가 내 품으로 걸어 들어오는 믿기지 않는 일이 일어났다.

사물이란 게 관찰해보면 존재의 이유가 있고 존재하는

방식이 있다. 이 고양이를 살펴보면서 그의 의지 하나하나가 모두 의미가 있음을 알게 되었다. 그래서 고양이와 지내는 동안의 이야기를 틈틈이 써보고자 한 것이 이 책이 되었다.

본래 아무것도 아니었던 자리로 돌아오다

'환지본처(還至本處)'는 본래의 자리로 돌아온다는 뜻으로 불교에서 참 많이 쓰인다.

　불자들이 많이 독송하는 《금강경》의 첫머리에도 이 말이 나온다. 경전의 내용은 부처님께서 1,250명의 비구들과 함께 사위국 기수급고독원에 계실 때의 모습을 그리는 것으로 시작된다. 부처님으로부터 시작된 불교 전통 중의 하나는 '탁발'이다. 사원에서 음식을 만들지 않고 마을에 들어가 사람들에게 음식을 얻어 와서 해결하는 방식이다. 부처님 당시에는 하루 한 끼만 먹었다. 아침에 마을에 내려가 공양을 얻어오면 이른 점심을 하는 것으로 하루 한 끼의 공양을 마친다. 부처님은 공양 때가 되면 가사를 입고 발우를 들고서 제자들과 함께 사위성에 들어가셨다. 그 성에서 차례로 걸식하고 나서 본래 머물던 곳으로 돌아와[還至本處] 공양을 마치고, 가사와 발우를 제자리에 놓고 발을 씻은 다음 마련된 자리에 앉으셨다. 이렇게 자리가 정돈되면 설법을 시작하셨다.

　무엇이 자기 본연의 자리인가.

　이 말은 대단히 고준한 의미를 지닌다. 흔히 철학을 근원에 대한 회의(懷疑)라고 말하듯이 '본래의 자리'는 존재의 근원에 대한 의문으로 확대될 수 있다. 사람은 자신이 좋아하는 일을 하는 사람이 있고, 자신이 잘할 수 있는 일을 하는 사람이 있는 반면에 이도저도 아닌 어정쩡한 자세로 일생을 허비하는 사람도 있다. 제화공은 가죽을 잘 다루고 목수는 나무를 잘 다룬다. 자신이 가진 기능을 잘 발휘하며 사는 것이 본성에 가깝게 사는 것이다. 삶의 보람은 여기에서 일어난다. 본래의 자리가 현재 머무는 공간일 수도 있고 심리적인 공간일 수도 있다. 심리적인 경우라면 '마음의 고향' 정도가 될 것이다. 자신이 돌아갈 곳이면서 가장 안정감을 느끼는 공간이다. 이 공간은 영혼의 휴식처이자 다시 일상을 이어갈 에너지가 생성되는 생명의 근원처다.

우리 같은 출가자의 경우는 산속에서 수행을 하며 살아가는 것과 도심포교당에서 대중교화를 하는 두 가지 길이 있다. 이것도 각자 취향이 달라서 선택의 여지가 생긴다. 나는 산중에서 살아가고 싶었지만 서울 한복판에서 한동안 지내야 했다. 경복궁 동문 맞은편 삼청동 올라가는 초입에 위치한 송광사 서울분원 법련사 주지로 12년을 살았다. 그리고 나에게 무슨 학문의 청복이 있었던지 동국대에서 만학의 인연이 닿아 공부를 마치고 몇 학기 강의를 하기도 했다. 주지 소임을 물려주고 조계종사회복지재단 상임이사를 2년 맡고 나니 서울에서 14년을 보낸 것이라 '이만하면 된 것이지' 하면서 홀가분한 마음으로 내려올 수 있었다.

그렇게 서울 생활을 정리하고 송광사 탑전의 내 방으로 돌아와 이틀간에 걸쳐 방 정리를 마치고는 큰절에 인사를 다녀왔다. 나는 방에 누워 천장을 바라보았다. 돌이켜보면 14년 전과 지금의 나는 별로 다른 것이 없었다. 한 칸짜리 반지하 방이지만 나의 왕국이었고, 영혼의 안식처였다. 그때가 7월 말경이라서 남도의 불볕더위는 실로 굉장했다. 연일 기록적인 폭염에다 모기와 나방들이 극성을 부려 푹푹 찌는 무더위에도 방문을 열어놓을 수가 없었다. 당장 선풍기를 구해놓고 돌려대지만 한번 데워진 공기는 밤늦도록 식을 줄 몰랐다. 갈증은 또 얼마나 나던지! 지천으로 널린 카페의 아이스 아메리카노를 마실 수 없다는 사실이 아쉽긴 해도 도시생활의 금단증 정도는 아니었다.

나의 왕국으로 환지본처 후 가장 먼저 시작한 일과는 산행이었다.

씨앗은 손으로 뿌려라

지난여름의 환지본처는 나의 삶을 전체적으로 조망하고 정리해볼 다시없는 기회였다. 그래서 가능하다면 낮게 더 낮게 가라앉을 생각이었다. 한때의 열띤 생각들, 더 높이 오르지 못해 조바심을 내기도 했던 시간들을 내려놓고 본래 아무것도 아니었던 자리로 돌아가는 것이다. 출가의 뜻을 품고 송광사에 들던 날, 호주머니에는 주민등록증과 단돈 20원뿐이었다. 지금의 나는 가져도 많이 가졌고 누려도 많이 누려왔음을 부끄럽게 생각한다 해도 전혀 이상하지 않다.

당장 실행해야 할 일과로 독서와 산행 두 줄기를 잡았다. 독서는 내려올 때 우선 가지고 온 책부터 읽어가며 차츰 범위를 넓혀 가면 되니까 별 고민은 없었다. 사람의 관계는 메아리와 같아서 내가 찾지 않으면 잊힌다. 한 생각 쉬면 이렇게 고요하고 평화롭다.

필요한 책들은 틈틈이 우편으로 주문하거나 광주 나가는 길에 서점에 들러 구입하면 되었다. 한번은 충장로의 알라딘 중고매장에서 구입해 오기도 했는데, 《학문의 진보》가 묶여진 프란시스 베이컨의 책과 《방법서설》이 실린 데카르트의 두꺼운 책들을 불과 몇 천 원에 들고 나올 때는 무척 행복했다. 우편으로 받은 플라톤 전집 10권과 괴테의 책, 그리고 몽테뉴의 《수상록》 등은 독서의 즐거움을 안겼다.

금생에 와서 읽은 책으로는 이미 늦다.

書到今生讀已遲

이 말은 청나라 문학가 원민이 송대의 문장가인 황산곡에 대해 이야기하면서 평했던 말이라고 한다. 책을 사랑하는 나는 이 말이 그렇게 좋을 수가 없다.

이 글귀를 붓글씨로 조그맣게 써서 액자에 넣어 법련사의 불일서점 안에 걸어놓기까지 했다. 황산곡이 회당조심 선사와 했던 다음의 문답도 기억해둘 만하다.

황산곡이 회당조심 선사를 찾아와 물었다.

"선(禪)의 진수는 무엇입니까?"

회당 선사가 대답했다.

"당신은 그것을 유교경전에서도 찾아볼 수 있다. 즉 '나는 아무것도 너희들에게 감추고 있는 것이 없다'라는 것이다. 이와 같이 선도 그대에게 아무것도 감추는 게 없다."

황산곡은 이해가 되지 않았다.

잠시 후에 그들은 산책을 하게 되었다. 산에는 목서(木犀)가 이제 막 꽃봉오리를 터트리고 있었다.

회당 선사가 말했다.

"당신은 지금 꽃향기를 맡는가?"

황산곡이 대답했다.

"예, 맡고 있습니다."

"이와 같이 나도 마찬가지로 당신에게 감추는 게 없다네."

내가 이 문답을 좋아하는 이유는 나 또한 '숨기는 게 없는' 자세로 세상을 살아가고 싶기 때문이다. 나는 하루 1시간 이상 맘 편히 걸을 수 있는 환경이라면 어디서든 행복하게 살아갈 수 있을 것 같다. 걷기를 우선적으로 생각하는 이유는 걷지 않음으로 해서 생기는 모든 것을 이겨낼 수 있기 때문이다. 걷지 않음으로 해서 생기는 문제는 많다. 게으르고 몸이 무겁다. 그러면 정신이 탁하고 쓸데없이 수다스러워진다. 사람의 관심은 정한 곳을 보지 않으면 한눈팔게 되어 있다.

　스님들이 참선 수행 중에 걷는 것에도 여러 표현이 있다. 절에서는 산책이라 하지 않고 경행(經行)이나 포행(布行)이라는 말을 쓴다. 빠르지 않은 속도로 천천히 걷는 걸음이다. 보통 선원에서는 50분 좌선하고 10분 경행을 한다. 대개는 식사를 마친 뒤나 피곤할 때, 혹은 좌선을 하다가 졸음이 오는 경우에 자리에서 일어나 경행을 한다. 수행자들은 선원 안을 천천히 걸으면서 좌선으로 굳어진 몸을 푼다. 이때에도 계속하여 화두를 참구하기 때문에 좌선에 대비하여 행선이라고도 한다. 경행은 참선의 연장이기도 하지만 보통은 몸과 마음을 안정시키기 위한 산책과 비슷하다. '사분율(四分律)'에 의하면 평상시에 경행을 할 경우, 다음과 같은 이로움이 있다고 쓰여 있다.

첫째, 먼 길을 갈 수 있는 힘이 생긴다.

둘째, 생각을 가라앉힐 수 있다.

셋째, 병을 줄일 수 있다.

넷째, 음식을 소화시켜 줄 수 있다.

다섯째, 오랫동안 선정(禪定)에 머무를 수 있다.

나는 한동안 내가 머무는 탑전을 나서 법정 스님이 계셨던 불일암을 거쳐 큰절 뒤편으로 나 있는 산길을 찾아다니면서 시간을 재보았다. 코스•는 여러 갈래로 잡을 수 있었다.

•

1코스 (1시간 남짓)　탑전 - 불일암 - 고봉국사 탑 - 보조암 터 - 감로암 - 탑전

2코스 (1시간 반 남짓)　탑전 - 불일암 - 고봉국사 탑 - 보조암 터 - 불일암 - 탑전

3코스 (2시간 반 남짓)　탑전 - 불일암 - 고봉국사 탑 - 청진국사 탑 - 원감국사 탑 - 묘적암·은적·보조암 터 - 불일암 - 탑전

4코스 (3시간 반 이상)　탑전 - 불일암 - 고봉국사 탑 - 청진국사 탑 - 원감국사 탑 - 묘적암 터(산등성이로 올라 조계산 정상 방향에서 갈라져 큰절 방향으로 자리를 잡아 내려오면서) - 상염불암 - 하염불암 - 고봉국사 탑 - 불일암 - 탑전

처음 보름간은 1코스, 한 달 정도는 2코스, 그런데도 좀 싱거운 기분이 들어 중간에 가파르게 올라가야 하는 길이 군데군데 있는 3코스로 고정되었다. 다섯 차례 정도는 4코스를 돌았는데 무릎이 삐걱거리는 기분과 함께 가벼운 통증이 있어 그 후부터는 감행하지 않았다. 내 몸이 감당할 수 있는 길을 찾는 것이 중요하다.

지금은 바쁠 일이 없으니 최대한 느긋하게 다니고 있다. 구불구불 난 길을 걷다가 문득 멈춰 서서 바라보기도 하고, 국사님 사리탑을 지날 때마다 합장하고 절하며 '저를 예뻐해주세요' 하고 기도를 올린다. 또 암자 터에서는 옛 스님들과 암자 본래의 모습을 상상해보기도 한다. 간식거리는 달리 가져가지 않지만 가끔 비스킷 2개 정도만 넣고 다닌다. 그러면서 강의 PPT에 쓸 요량으로 사진이나 간단한 동영상을 틈틈이 찍어두기도 한다.

다녀온 후에는 몸을 씻는다. 그러고 나면 피곤이 몰려와 쉬어야 하는데, 시간을 정한 것은 아니지만 1시간 내에 눈이 떠진다. 이렇게 쉬고 나면 밤늦도록 책을 보거나 원고를 써도 정신이 피로하지 않다. 책과 산행의 조건이 충족되면서 나의 생활도 차근차근 뿌리를 내려갔다. 손으로 낱낱이 씨앗을 뿌려 파종하는 것처럼 순리에 따르는 삶을 생각했다.

좋은 수확을 거두려면 종자를 뿌려라.

포대를 쏟지 마라.

옛날 유럽의 어느 곳에선가 농민들이 부르던 노래 한 구절이
다. 무슨 뜻인가. 곡식을 거둬들이고자 하는 사람은 씨앗을 손
으로 일일이 뿌려야지 포대를 쏟듯이 뿌려서는 안 된다는 것이
다. 밭에 파종을 한다고 해보자. 대략적인 씨앗의 양이 있다.
씨앗을 밭에 고루고루 뿌려야 씨앗들 간의 사이가 밀집되지
않아 잘 자란다. 그 밭에 뿌릴 양이라고 해서 자루째 쏟아놓
는다면 어찌 씨앗이 자라날 수 있겠는가. 느리고 지루하더라도
일의 순서는 순서대로 맞춰서 살아야 결실을 맺을 수 있다. 자
신이 기울인 노력 이상의 것을 쉽게 얻으려는 태도를 경계하는
말이기도 하다.

　　송광사 탑전의 내 방으로 '환지본처' 하고 나니 모든 것
이 좋았다. 뭘 많이 가지거나 누려서가 아니다. 부족하면 부족
한 대로 맞춰 살아갈 마음자세가 갖춰지고 나니 모든 것이 과
분하고 고맙게 느껴졌다. 아득한 마음을 가질 수 있는 자는 아
득한 나라를 그리워하는 법이다. 시간이 빼앗아가는 게 있는
가 하면 시간이 가져다주는 것도 있다. 중요한 것은 시간을 자
기편으로 만드는 일이다. 나는 하루 24시간, 머리부터 발끝까
지 오로지 나의 시간 속에서 지내보리라는 결의를 다지고 또

다졌다. 어느 누구도 내가 먼저 찾지 않으리라는 다짐도 했다. 그런데도 세상의 인연법은 나의 의지와는 상관없이 오고가는 것이어서 사람이 아니어도 사람의 마음을 옭아매는 인연은 얼마든지 일어나는가 보다. 그 일은 여름과 가을을 지나 본격적으로 산중의 추위가 엄습하는 무렵에 시작되었다.

이제 겨울 한철 동안 일어났던 일들에 대한 이야기를 시작해보자.

보살펴주면 나랑 살 건가?

서울에서 내려온 때가 7월말이다. 여름이 한창이었고 연일 기록적인 폭염이 남도의 산과 들을 뜨겁게 달구고 있었다. 그러다 장대비가 쏟아지기라도 할 때면 그 장쾌한 심정은 무엇과도 비길 수 없었다. 좋아하던 비가 더욱 좋아졌다. 산중에서의 비는 꼭 손님 같은 기분이 든다. 방 앞으로 서 있는 삼나무 숲을 하얗게 물들이며 비가 몰아 올 때는 나도 모르게 하던 일을 멈추고 바라보게 된다. 계절이 가을로 접어들자 바람이 서늘해지면서 하루가 다르게 산색이 변하더니 어느 순간 물들었던 숲의 나뭇잎들이 떨어지기 시작했다.

그러자 산의 골격이 드러나면서 능선과 계곡을 이루는 지형들이 한눈에 펼쳐져 보였다. 음양오행에서는 가을바람을 금풍(金風)이라 한다. 그 이유는 찬바람이 불기 시작하면 쇠로 베듯이 만물이 지기 때문이다. 그래서 가을의 정서가 쓸쓸함이다. 악기로는 바이올린이나 첼로 같은 현악기 소리를 감상하기 좋은 계절이 또 가을이다. 지금은 자유로운 입장이고 대중과 떨어져 있으니 모차르트의 음악을 들으며 아침을 시작할 수도 있다. 이런 환경도 새롭지만 산골짜기를 타고 올라오는 바람 소리를 듣는 것이 어떤 음악보다 장중했다. 산행하는 중간중간 멈춰 서서 바람소리를 듣거나 한껏 붉게 달아올랐다 지기 시작하는 숲의 모든 것을 지켜보는 순간순간이 좋았다.

시나브로 시간이 흘러 겨울안거가 다가오면서 산철에 가

끔 얼굴이라도 볼 수 있었던 스님이 각자 예정된 곳으로 안거를 떠나고 나니 계절 탓도 있겠지만 산중은 더욱 고요해져 갔다. 이런저런 일로 서울에도 몇 번 나들이를 하고 겨울 채비에 필요한 것들을 갖추기 위해 광주나 벌교에 나가 장을 봐오기도 했다.

내 방에는 텔레비전이나 달력이 없다. 매일 똑같은 일상이 반복되는 속에서도 별채의 다실에 걸린 달력은 이미 한 해의 종착역에 다다르고 있었다. 크리스마스 다음 날로 기억한다. 절에서 승용차로 30분 거리에 있는 낙안에 온천을 다녀와 방으로 들어가는 통로에 들어서다 뜻밖의 광경에 마주쳤다.

"너, 뭐야!"

빛이 들지 않는 통로, 바닥이 닿을 정도의 발길 아래에서 비닐봉지를 헤집는 고양이를 발견했다.

"야~~옹!"

고양이는 전혀 놀라는 기색 없이 나를 올려다보며 가느다란 목소리로 길게 소리를 냈다.

"너 거기서 뭐 하는 거야?"

"야~~옹!"

"어, 가만있네?"

고양이는 도망가지 않았다. 큰절에도 마음대로 살아가는 고양이들이 여럿 있다 하고 이곳 탑전만 해도 가을까지 고양이가 자주 보였다. 생각해보니 여름에 내려왔을 때에도 태어난 지 얼마 되지 않은 듯한 새끼고양이 서너 마리가 엄마 고양이와 함께 어슬렁거리는 것을 본 적이 있다. 그 고양이들은 몸 빛깔이 짙은 회색이었고 불러도 황급히 사라질 뿐 좀처럼 사람 가까이 오려 하지 않았다. 이 고양이는 흰색과 황색이 반반 어우러진 생김새였다. 그리고 입 주위가 노랗게 물들어 있었다. '어디서 반찬거리를 뒤져먹느라 저리된 것이겠지.' 과일 껍질이며 방에서 나온 쓰레기를 버리려다 깜박 잊고 통로 입구에 놓은 것을 고양이가 뒤지던 참이었다. 봉지는 이미 반쯤 찢겨서 이런저런 내용물들이 바닥에 널려 있었다.

"거기 먹을 것 없는데…… 배고파?"

"야~옹!"

고양이는 내 말을 알아듣기라도 하는 듯 피하지 않고 올려다보며 소리를 냈다. 고양이는 당장 사람에 대한 위협보다도 배고픔이 고통스러운 듯, 뭐라도 먹을 수만 있다면 상관없다는 간절한 마음을 드러내보였다.

'어떡하지.'

방에 가면 비스킷과 우유, 그리고 토스트용 빵이 있으니 한번 줘보고 싶었다. 이 풍족한 세상에 사람이건 동물이건 배고픈 것만은 절대 안 된다. 뭐든 줘보자. 여전히 야옹야옹 하며 떠나지 않는 고양이를 보자 마음이 급해졌다.

"기다려봐!"

고양이는 우유를 잘 먹는다는 말이 언뜻 떠올라서 빈 통을 찾아 우유에 시리얼을 넣어 내밀어보았다. 잘 먹었다. 시리얼은 조금만 먹고 우유를 한참 먹었다. 도망가지 않고 가까이 와서 주는 것을 받아먹는 고양이가 반가웠다. 고양이는 꼬리가 잘려 있었다. '아, 집고양이였구나.' 어릴 적 시골에서는 고양이 꼬리를 잘라주지 않으면 들고양이가 된다는 말이 있었다. 어른들은 새끼고양이의 꼬리에 실을 단단히 동여매 피를 보지 않고도 꼬리가 떨어져 나가도록 했다. 이 고양이는 일단 순해 보였다. 하지만 날도 추운데 제대로 먹지 못해 배가 홀쭉했고 왠지 불쌍하고 짠한 마음이 들었다.

"너, 어디서 왔니?"

나는 다시 말을 걸었다. 고양이는 입 주위에 묻은 우유를 혀를 뻗어 정리하면서 주위를 빙빙 돌았고 내 몸을 툭툭 치듯이 건드렸다. 이건 고양이의 어떤 친밀감에 대한 표현처럼 느껴졌다. 고양이의 허기가 나에게까지 전해지는 듯해서 견딜 수가 없었다. 빵이라도 줘보고 싶었다. 이왕이면 구수하고 따뜻하게 토스트를 해주면 좋을 듯했다.

"기다려봐!"

방문을 열고 냉장고에서 빵을 꺼내는 순간 고양이는 어느 틈에 방에까지 거침없이 들어와 야옹야옹 소리를 내며 걸어다녔다. 웃음이 절로 나왔다. 빵이 구워지자 고양이를 나오게 하고는 빵을 내밀었다. 생각과 달리 고양이는 빵을 입에 대지 않았다. 나는 창고에서 조그만 나무판을 가져와 먼지를 털어내고는 그 위에 빵을 올려놓고는 고양이를 밖에 둔 채 방에 들어왔다.

그렇게 두세 시간이 흘렀을까. 저녁때가 되어 공양 준비를 할 겸 문을 열고 나갔다. 마치 나를 기다리기라도 한 듯 고양이가 쪼그리고 앉아 있었다. 그러고는 나를 보더니 일어나서 다가왔다. 나는 일부러 이리저리 걸어보며 정말로 따라오는 것인지 살펴보았는데 고양이는 태연하게 계속 따라다녔다. 귀엽기도 하고 반갑기도 했다. '어떡하지…… 보살펴주면 나랑 살건가?' 나는 저녁 준비도 미룬 채 창고에서 빈 사과박스를 꺼내 와서 헌 타월을 바닥에 깔고 구멍이 나서 버리려던 겨울 내복바지로 박스 안을 둘러서 통로가 꺾이는 구석에 박스를 놓았다.

"이게 네 집이야."

고양이는 아는지 모르는지 계속 야옹야옹 하면서 내가 하는 일을 지켜보았다. 나무판 위의 빵은 보이지 않았다. 밤에 배고프면 먹으라는 뜻으로 다시 토스트 두 쪽과 플라스틱 통에 우유와 시리얼을 말아 나무판에 올려주었다. 그때만 해도 고양이가 이곳에 머물게 되리라고는 생각하지 않았기 때문에 다소 장난기 어린 마음도 없지 않았다. 이곳은 세면장과 화장실이 별채로 되어 있어서 필요할 때마다 들락거려야 한다. 나는 잠들기 전까지 평소보다 더 자주 나가서 박스를 살펴보았다. 박스 안에서 나를 올려보는 고양이의 모습에는 놀라거나 불안해하는 눈치까지는 보이지 않았다. 거 참 별일이다, 하면서 어디 한 번 해보자는 마음으로 고양이를 쓰다듬어주었다.

"잘 자, 잘 자라고!"

"야~옹."

옹달샘의 잔물결처럼 고양이도 간질이듯 한마디 거들었다. 불쑥 찾아들었으니 불청객이나 다름없지만, 분명한 것은 내가 고양이를 택한 것이 아니고 고양이가 나를 택했다는 사실이다.

헬렌 톰슨이라는 사람은 고양이에 대해 '고양이는 세상 모두가 자기를 사랑해주길 원하지 않는다. 다만 자기가 선택한 사람이 자기를 사랑해주길 바랄 뿐이다'라고 말했다 한다.

정말 그런 것일까?

"너 어디서 왔니?"

"야옹."

"배 고프니?"

"야옹."

"잘 자, 잘 자라고!"

"야옹."

고양이를 싫어하는 사람을 조심하라

나는 일찍 출가했기 때문에 세상 경험이 별로 없고 잘 알지도 못한다. 내가 아는 모든 것은 실제적이라 하기 어렵고 책을 통해 알고 이해하는 정도다. 고양이를 흥미롭게 생각한 계기는 하루키의 책에서 자주 읽으면서부터다. 내가 읽은 그의 첫 책은 《먼 북소리》였다. 여행기인데 무척이나 인상 깊었다. 그는 여행기를 즐겨 쓰는데, 한 책에서는 아일랜드를 소개하면서 고양이 얘기를 함께 들려주었다. 그곳은 섬나라라서 가축 사이에 전염병이 돌면 일시에 초토화될 수 있기 때문에 동물을 들이는 것이 까다롭고 대신 소중하게 여긴다고 한다. 또한 그곳은 고양이 천국이며 모든 고양이가 목에 이름표를 달고 있고 사람을 피하지도 않는다고 한다. '고양이를 싫어하는 사람을 조심하라'라는 말은 아일랜드의 속담이다.

이 말 속에는 고양이를 싫어하는 행위에 대한 어떤 이유가 있음을 짐작할 수 있다. 그 이유는 알고 보면 간단하다. 고양이는 조심해서 잘 다뤄야 한다. 그러니까 고양이를 잘 다루지 못하는 사람은 섬세하지 못할 가능성이 많기 때문에 환영받을 수 있는 사람이 아니라는 뜻이다.

난 개는 좋아해도 고양이에 대한 호감은 없었다. 어릴 적에 고양이에게 여러 번 할퀴기도 했다. 날카로운 발톱, 그 눈빛도 싫다. 그런데 고양이를 만나게 되었으니 여간 조심스럽지가 않았다. 하지만 가능하다면 겨울 동안 돌봐주고 싶은 마음이 생겼다. 다음 날 새벽, 눈을 뜨자마자 고양이 생각이 나서 얼른 나가봤다. 내가 사는 건물의 방 구조는 담 밖의 축대 아래에서 보면 이층이고 마당에서 보면 단층으로 보인다. 한 층에 7칸이니 전체 14칸이다. 아래층은 방 출입할 때 밖에서 들어가는 게 아니고 건물 안쪽으로 오가도록 통로를 만들었다. 외문은 양 통로 끝에 있다. 그러니까 통로는 굴처럼 만들어져서 안에서 방으로 들어가게 되어 있다. 이런 구조 덕분에 외풍이 없고 안에 있으면 무척 안온하다. 고양이 박스는 북쪽 통로의 출입문 안으로 꺾어지는 모서리에 놓아두었다. 남도라 해도 한겨울의 산사는 바람이 세차고 공기도 차갑다. 꼬리가 없는 것으로 봐서 새끼 적에는 주인이 있었을 것이다. 언제 버려졌는지 모르겠지만 산중에서 살아가는 기구한 처지라 얼마나 춥고 배고팠을지, 안 봐도 훤하다.

나는 박스로 다가갔다. 고양이는 추위에 몸을 잔뜩 웅크린 채로 까만 눈을 뜨며 올려봤다.

"야옹!"

고양이가 먼저 울었다. 작고 가는 소리!

"안 추웠어?"

안쓰러운 마음에 고양이의 미간을 문지르며 물었다. 고양이는 자신의 체온으로 덥혀진 박스에서 나오지도 않고 나를 따라 고개만 이리저리 돌렸다.

'아마 저 고양이는 내가 저를 버리지 않는 한 쉽게 떠날 것 같지 않다. 우선 먹을 것을 준비하고 박스를 더 따뜻이 해주자. 그다음은 배워가면서 살펴주면 겨울을 함께 날 수 있을 것이다.'

먹는 것은 고양이 사료를 구해주면 급한 대로 해결될 것이다. 벌교에 나가보면 사료를 구할 수 있을지 모르고 만약 그곳에 없으면 순천으로 가면 되니까 당장 나가보기로 했다. 오후에 하던 산행을 오전에 마치고는 점심 후 벌교로 나갔다. 처음 동물의 사료를 구해보는 일이라서 걱정이 없지 않았다. 요즘은 어지간한 읍내나 큰 면소재지에는 제법 규모가 큰 마켓들이 있어서 식재료나 생활필수품들을 쉽게 구할 수 있다. 물건도 서울에서 보던 것과 별반 다르지 않다.

벌교에는 이만저만한 슈퍼 외에도 창고형의 큰 마켓이 3개는 되지 싶다. 한 마켓에 들어가 죽 둘러봤다. 그랬더니 신기하게 맨 구석의 정육코너 바로 앞에 고양이와 강아지의 사료, 간식, 간단한 용품들이 진열되어 있었다. 반가웠다. 고양이 사료는 두 종류가 있었다. 난 5kg 포장을 골랐다. 강아지 간식은 여러 종류가 있는데 고양이 간식은 생선으로 만든 통조림이 있었다. '아, 영화에서 보던 고양이 통조림이 바로 이런 것이구나.' 일단 통조림은 두 개를 사고 사료 그릇은 빨강 플라스틱으로 두 개를 골랐다. 그릇이 하나에 2천 원, 사료가 만오천 원이다. 이것을 고르고 나니 정작 내가 필요해서 사려고 했던 것들은 생각이 잘 나지 않았다. '고양이가 이 사료를 잘 먹을까?' 걱정을 하면서 돌아와 고양이를 찾았다. 고양이는 박스에 얌전히 들어 있었다.

"자, 밥 먹자!"

플라스틱 그릇을 씻어 나무판 위에 놓고는 사료를 가득 담아주었다. 고양이는 그릇에 사료가 놓이자마자 달려들어 오독오독 잘도 먹었다. 안도의 한숨이 나오면서 기쁘고 신기했다. 어찌나 숨도 안 쉬고 잘 먹는지 목에 알갱이라도 걸리는 건 아닌지 염려될 정도였다.

"야, 체한다. 천천히 먹어."

고양이가 먹는 것을 바라보다 다른 그릇에 물을 받아와 사료 그릇과 나란히 놓았다. 그러고는 방에 들어와 고양이 사료에 관한 인터넷의 글들을 찾아보았다. 고양이 사료는 구분이 있었다.

저급사료: grocery brand
일반사료: premium
고급사료: super premium
최고급사료: holistic
유기농: organic

등급이 낮을수록 농약이나 비료를 많이 주고, 나아가 유전자 조작 곡물 등이 쓰일 위험이 있다는 것을 알았다. 또 방부제, 살충제, 항생제 등에 얼마나 노출되는지도 모를 일이다. 블로그를 일별한 바로는 슈퍼 프리미엄 정도를 권하는데 다음에 참고해서 좋은 것으로 구하고 싶었다. 이제 집만 더 따뜻하면 고양이는 훌륭하게 겨울을 나게 되겠지! 나는 창고에서 박스를 큰 것으로 가져와 안을 뽁뽁이 비닐로 둘러싼 다음에 테이프로 고정시켰다. 그러고는 쓰던 타월 한 장과 헌 옷가지 두 벌을 폭신하게 깔아두고 나니 좋아 보였다. 어차피 같이 지낼 바에야 떼어놓을 필요가 있을까 싶어 박스를 방 발판 옆으로 옮겨주었다.

밤이 깊어지면서 홑창이 연신 흔들릴 정도로 바람이 세찼다. 창문은 원래 덧창인데 여름에 방충망을 달아놓은 채로 손을 대지 않아서 창호지를 바른 미닫이창이 홀로 바람을 막는다. 방 앞에는 삼나무 숲이 있어서 이것이 바람을 막아주는 역할을 하지만 바람은 삼나무 숲을 빠르게 빠져나와 더 큰 소리를 만들어냈다.

겨울 동안 읽으려고 작정한 책을 보느라 잠드는 시간이 자꾸 늦어지면서 새벽으로 넘어가기 일쑤인 일상에서 잠들기 전 안녕, 잘 자, 하면서 말을 걸어볼 상대가 있어서 좋기는 했다. 어쩌면 이게 훗날 잊지 못할 추억이 될 수도 있을까.

만약 주인 없는 길고양이와 친구가 되는 방법을
알고 있는 사람이라면 그는 언제나 운이 좋을 것
이다.

미국 속담이다. 나는 고양이와 행복하게 겨울을 나고 싶다. 고
양이와 나, 누가 운이 좋은 거지? 너야, 나야? 잠을 자나 싶어
서 가만히 내다보면 여전히 두 눈을 말똥말똥 뜨고 올려본다.
내가 잠을 깨우는 것인지, 아니면 아직은 맘 놓고 잠들만 한 사
이가 아니라는 뜻인지 알 수 없다. 다만 자리에 누워 생각하면
바람 세찬 오늘 밤은 나도 고양이도 서로 잠을 이루지 못하는
것이다.

잠들기 전

안녕,

잘 자, 하면서

말을 걸어볼

상대가 있어서

좋다.

결코 지나치지 않게, 적당히! 고양이의 철학

자신이 약하다고 느낄 때 우리는 분노를 집어 든
다. 그 이유는 분노로 무장하면 자신이 강해질 거
라고 생각하기 때문이다.

티베트 속담이다. 티베트에는 감정을 뜻하는 단어가 없다고
한다. 마음 상태 같은 것은 갖고 있지만 이것을 감정이라 부르
지 않는 것이다. 예를 들어 '나는 정말 화가 난다'고 말하는 경
우, 엄밀하게는 현재 마음이 분노의 상태에 있는 것이지 마음
자체는 분노와 무관하다는 것이다.

　　나는 지금까지 고양이를 무섭게 생각하고 살아왔는데,
어쩜 이렇게 온화할 수 있는지 놀랍기만 하다. 하지만 고양이
에 대해 잘 알지 못하는 처지에서 같이 지내보기로 생각을 굳
히고 나니 조심스러운 게 한두 가지가 아니었다. 먹는 것, 잠
자리, 현재 몸 상태는 어떤지도 궁금했다. 다행히 사료를 잘
먹고 박스에 자주 들어가 있는 걸로 봐서 기본적인 문제는 해
결이 된 듯 싶었다. 인간에게도 -식-주가 삶의 대강이듯이 고
양이에게 식과 주가 마련되었으니 뭐 그런대로 살아지게 될
것이다.

　　나는 고양이의 습성이나 생체리듬을 파악하기 위해 주
의 깊게 살펴보기 시작했다. 우선 적절한 사료의 양을 알아야
할 것 같아서 인터넷으로 찾아봤다. 성묘의 경우 하루에 종이

컵 두 개 양이면 될 듯했다. 하지만 이 고양이는 그동안 배고 픔이 일상이 되었을 것이니 조금 넉넉히 준다는 생각으로 아침 과 저녁 두 번에 걸쳐 그릇을 채워주었고, 이때 물그릇의 물도 갈아주었다. 고양이는 신체구조상 신장이 약해서 신선한 물을 주는 게 좋다는 이야기가 있어서 그릇을 매번 깨끗이 닦고 물 을 담아놓았다. 고양이는 원래 물을 많이 먹지 않는다지만 물 그릇을 보면 매번 어느 정도 줄어 있는 걸로 봐서 충분히 잘 먹 는 듯했다. 그렇게 고양이가 살 수 있는 기본적인 환경을 갖춰 주었고 우리는 뜻하지 않은 동거를 시작했다.

시간이 지나면서 고양이를 부를 일이 잦아지다 보니 어 느덧 이름도 생겼다. 애묘가들은 고양이를 '냥이'라고 한다. 고 양이와 지내보면 이 호칭이 주는 어감이 고양이와 상당히 잘 어울린다는 것을 알게 된다. 부드럽고 상냥하고 애교스럽기까 지 하다. 또한 야옹, 하는 고양이의 울음소리와도 비슷하기도 하고 거부감이 없다. 그래서 사람들이 고양이의 이름을 물어보 면 나는 '탑전 냥이'라고 하고 고양이를 부를 때도 그냥 '냥이' 하고 부르게 되었다. 어느덧 고양이도 저를 부르는 소리인 줄 알고 반응을 보인다.

고양이의 식사는 시도 때도 없었다. 하루 종일, 그릇 앞 을 지나거나 눈에 보인다 싶으면 일없이 한 입 가득 넣고는 우 둑우둑 깨물고 다녔다. '내가 이렇게 잘 먹잖아요, 밥을 거르지 말고 제시간에 꼭 챙겨줘요' 하는 말로 들린다. 만물은 고마워하면 더 주는 법이 있으니까! 어떤 고양이는 사료를 주면 바닥을 보고야 만다지만 이 고양이는 그러지 않았다. 음식 절제 못하는 사람을 좋아하지 않는 내 성격을 아는지 체면 없이 굴지는 않았다. 이런 점이 우선 맘에 들고 예뻤다. 길냥이로 살아온 전력이 있어서인지 조그만 소리에도 소스라치게 놀라는 모습만큼은 지켜보는 입장에서 편치 않았다.

"왜 그렇게 놀라? 괜찮아, 아무것도 아니야."

그럴 때마다 나는 아기인형의 조형물 같은 고양이의 콧잔등을 톡톡 치면서 안심시켰다. 고양이의 외출과 잠드는 시간은 일정하지 않았다. 어떤 날은 하루 종일 박스에서 지내면서 자리를 비우지 않을 때도 있지만, 어떤 날은 몇 시간씩 들어오지 않기도 했다. '어디 간 거지?' 그럴 때면 빈 박스를 내려다보며 혼잣말을 늘어놓게 되는 것이다. 이곳은 담장 아래로 내려다보이는 곳에 차량 4대를 맬 수 있는 주차건물이 있는데, 자동차 밑에도 자주 들어가 있었다. 영하의 기온에 쇠붙이는 더 춥지 않을까 싶지만, 아무튼 차 밑에 있는 것을 좋아했다. 그래서 고양이가 보이지 않으면 세면장 너머 숲을 향해 야옹, 담장 아래를 보고 야옹, 하면서 몇 번 이곳저곳을 향해 소리를 내고 나면 신기하게도 어디선가 야옹야옹 하면서 나타났다.

"어디 갔었어!"

나는 반가움에 머리와 귀를 쓸어주며 예뻐라 한다. 쪼그리고 앉은 내 바짓단이며 엉덩이를 툭 치며 걷는 고양이의 모습이 흡사 시장통의 애기건달이다. 고양이는 모서리의 기둥이며 벽, 특히 방문에 몸을 문지르며 다니는 길 좋아했다. 그건 자기의 영역 표시이자 친밀감의 표현임을 어렵지 않게 느낄 수 있다.

　　처음에는 고양이가 나를 터치하고 다니는 게 가깝게 지내자는 의미로 생각되어 좋아했는데, 어느 날 기겁을 하고 말았다. 고양이의 아킬레스건! 털이 많이 빠진다는 사실이다. 고양이가 문지르고 지나간 옷자락에는 털이 잔뜩 묻어 있었다. 그래서였을까, 자꾸 코끝에 먼지가 낀 듯이 간지럽고 잠자리에 누우면 몸이 가려웠던 이유가 이 녀석이 뿌리고 다닌 털 때문임을 알게 되었다. 다음 날 대청소를 하듯이 방 안과 통로를 쓸고 닦고 하면서 원칙을 세웠다. 고양이를 방에 들이지 말 것- 물론 처음 한 번 들어온 이후로는 못 들어오게 하고 있지만- 그리고 몸에 닿지 않게 주의하기로 했다. 그래도 동물은 터치를 좋아하니까 털이 묻어나지 않는 콧잔등을 톡톡 건드려주는 걸로 대신하기로 했다.

　　고양이는 확실히 야행성인 듯했다. 밤에는 눈도 초롱초롱하고 초저녁에는 거의 보이지 않는다. 날이라도 춥고 바람이 거친데도 들어오지 않으면 자꾸 밖을 나가보고, 이 녀석이 어딜 간 거야, 하며 기다려질 때는 밖에 나간 가족을 기다리는 엄마의 마음 그대로다. 고양이는 귀가 시간이 아무리 늦어도 자정은 넘기지 않았지만 간혹 그 시간을 넘어서 들어온 적이 여러 번 되었다. 한밤중에 들어오면 몹시 신경 쓰이는 이유는 같이 있는 대중들 때문이다. 스님들이라야 몇 되지 않지만 조용한 산사의 깊은 밤에 저 멀리서부터 야옹야옹 하며 들어오면, 이 소리가 유난히 크게 들린다. 따라서 혹시 싫은 소리라도 날까봐 가슴이 콩당콩당 뛴다. 그 마음을 아는지 모르는지 고양이는 방문을 소리 나게 쿵쿵 부딪치며 자신의 귀가를 알린다. 한숨이 절로 나온다.

'아우, 너 큰일이다.'

고양이는 아침 일찍 움직이기도 한다. 아침 6시에서 7시 사이에는 꼭 나를 찾는다. 그러고도 반응이 없으면 문살을 긁어댄다. 지금은 고양이에 대해 제법 알게 되어 소리가 나면 즉각 나가본다. 처음에는 좀 귀찮은 생각도 들었고 버릇이 될까봐 일일이 상대하지 않았다. 그러나 이건 내가 이길 수 있는 일이 아니었다. 내가 나가보지 않으면 계속 소리를 내니까 혹시 위층까지 누를 끼칠까봐 조심스러워서도 입을 막아야 했다.

이렇게 고양이와 지내는 하루하루가 쌓이면서 문득 깨닫게 된 것은 '사랑'이라는 감정이었다. 세상일은 '빵'에 그치지 않는다. 서로 확인되고 신뢰받는 사랑의 힘이 우리를 존재하게 하는 근원적인 요소라는 생각이 들었다. 심지어 길냥이로 살아온 이 고양이에게도 단순히 먹는 것과 자는 것의 해결만으로 모든 것이 충족되지 않아 보였다. 그래도 같이 살아가니까 아침에 눈뜨면 얼굴을 보고, 굿 모닝! 반갑게 인사라도 하며 살아야 한다는 사회성은 이 고양이로부터 얻은 깨달음이기도 했다. 이것을 깨닫고 난 이후로는 아침에 고양이가 야옹, 하면 나는 자동문처럼 반응하며 일어나 문을 열고 인사한다.

"안녕, 잘 잤어? 배고프지. 기다려봐."

그러면서 나가보면 사료 그릇이 깨끗이 비워져 있고, 물도 제법 줄어 있다. 아마 밤사이에도 수시로 입을 대는 듯했다. 창고에서 사료를 꺼내 그릇에 부어주면 신이 나서 주위를 돌기도 하고 밑동 정도만 남기고 잘린 나무처럼 별로 있지도 않는 꼬리를 흔들며 좋아라고 한다. 하루는 이왕 같이 지낼 거면 가까이 있자는 생각으로 내 방문 앞 신발이 놓인 한쪽으로 박스를 다시 옮겨주었다. 그러고는 겨울 한파에 통로의 공기는 여전히 차가워서 걱정이 없지 않아 고양이가 박스에서 나오면 박스 속 바닥에 손등을 대보곤 했다. 불을 끄고 잠자리에 누우면 방 앞에 조그만 생명 하나가 붙어 있다는 사실이 기적이라면 기적이다. '내가 보는 너와 네가 보는 나의 간극은 어떤 것일까' 하는 생각도 해보게 된다.

고양이와 개는 참 많이 다르다. 개는 직접적인 표현과

능동적인 활동이 많다. 개는 사람과 같이 다닐 수도 있고 명령을 잘 따르고 소통이 용이하다. 고양이는 다르다. 고양이는 참선하는 선승처럼 철저하게 수동적이며 반응을 잘 보이지 않는다. 앞에서 말을 걸어보고 놀아보자고 건드려도, 저이가 갑자기 왜 저러지?, 하는 눈빛이다. 이때는 상대가 오히려 멋쩍은 기분이 되기도 한다.

고양이는 자기 의사가 분명할 때만 움직인다. 결코 상대가 원하는 대로 끌려가지 않는다. 소크라테스가 '결코 지나치지 않게, 적당히!'라고 하듯이 고양이는 이런 철학을 실천하는 드문 존재라는 생각이 든다. 자신이 하는 일에 지나친 간섭도, 그렇다고 무관심도 내켜하지 않는다. 그냥 내가 오면 오는 거고 가면 가는 거지 소란스럽게 굴 일이 아니라는 투다. 먹는 것도 알아서 먹을 테니 걱정스러우면 그릇이나 비우지 말라는 태도에 주객의 개념이 점점 모호해진다.

우리는 모두 하나씩의 섬을 안고 살아간다

고양이에게는 분명한 자기 세계가 있는 듯이 보인다. 이런 이유로 사람들은 경계심 많고 은근한 성격의 고양이에 매료되어 스스로 집사가 되기를 마다하지 않는지도 모른다. 이 표현은 결코 과장이 아니라 고양이를 아는 모든 사람들이 하는 말이다. 아마 눈을 오래 맞출 수 있는 동물로는 고양이가 으뜸일 것이다. 고양이의 매력은 거의 대부분 눈에 있는 것 같다. 고양이의 눈과 눈동자는 시시각각으로 변화한다. 크기도 달라지고 색깔도 달라진다. 호기심이 발동할 때면 동공이 커지면서 까맣게 되고, 긴장하여 신경이 곤두설 때는 예리한 칼날처럼 세로로 촉이 가늘어진다.

고양이의 졸린 눈은 보는 사람의 잠을 부르고, 기분이 좋을 때는 눈을 가늘게 꼭 감는다. 이는 고양이를 키우는 사람이 누리는 나른한 보상이다. 콧잔등을 톡톡 건드리며 말을 걸 때 미간과 콧등이 좁아지면서 주름이 생길 정도로 힘주어 눈을 꼭 감는다. 그러다가 서서히 고개를 올릴 때면 함께 행복한 기분이 된다.

고양이를 보면서 떠올린 단어는 '침묵'이다. 정말이지 이 동물은 말이 없다. 고양이의 눈은 자신이 먼저 말하기보다는 말하고 싶은 사람이 먼저 하라는 투다. 선종에서는 참선 중에 질문이 있으면 언제든지 스승에게 묻는다. 질문이 없다면 공부하지 않는 사람이다. 궁금한 사람이 먼저 묻게 되어 있다. 선종의 선사들은 법문도 길게 하지 않는다. "질문 속에 답이 있고 답 속에 질문이 있다"라고 한다. 잘 묻고 잘 회의하는 것이 중요하다. 고양이의 눈동자를 보면 꼭 선승의 눈 같다. 결코 먼저 말하지 않고 오히려 묻는 듯하다. 내가 뭔가 물어보려 하면, 그렇게 생각하는 너는?, 하고 되묻는 것이다. 그래서 고양이의 눈을 보고 있으면 내가 나를 보는 착각이 들기도 한다. 자기관조 내지는 마음의 빛을 돌이키는 회광반조(廻光返照)의 법문이다. 우리는 사물이 이해되고 좋아지면 수다쟁이가 된다. 사랑도 수다스럽고 좋은 것도 수다스럽다. 우리는 거침없이 열뜬 기분에 빠지는 것이다.

사람을 보는 눈도 청안(靑眼)과 백안(白眼)으로 달라진다. 죽림칠현(竹林七賢, 중국 위나라 말기 부패한 정치권력에 등을 돌리고 대나무숲에 모여 거문고와 술을 즐기며 청담(淸談)으로 세월을 보낸 일곱 명의 선비)의 한 사람인 완적이 사람을 청안(맑은 눈)으로 대했다는 데서 나온 말이다. 우리는 자신이 좋아하는 사물이나 사랑하는 사람을 볼 때는 시선이 자주 가고 또 오래 머물게 된다. 한 존재를 사랑하게 되면 수다스러워질 수도 있지만, 반대로 말을 잊기도 한다. 사랑에 빠진 연인들은 카페에서 몇 시간이고 아무 말 없이 얼굴만 보고 있어도 행복으로 충만하다. 청안과 달리 백안은 힐끗 보는 부정적인 시선이다. 고양이의 눈이 어느 쪽에 속할지는 몰라도 자신을 대하는 눈이 청안이라면 기꺼이 다가선다.

장 그르니에의 《섬》을 다시 봤다. 이전과는 이해되는 바
가 사뭇 달랐다. 이 책에는 〈고양이 물루〉라는 한 단락이 실려
있다. 왜 '섬'이라는 개념에 고양이 얘기가 엮여 실렸는지, 지금
까지는 별 의문 없이 지나치던 일인데 이번에는 섬광처럼 번득
이며 그 의미가 다가왔다. '섬'에 '고양이' 얘기가 실린 것은 결
코 우연이 아니라는 생각이 들었다. 독립적이면서 고독한 침묵
의 실질이 섬이고 고양이가 아닐까? 난 〈고양이 물루〉를 꼼꼼
히 다시 읽었다. 내용은 고양이에 대한 여러 단상이 나오고 중
간 부분에 물루가 나온다. 그리고 후반부에 물루가 한쪽 눈이
핏덩이가 되고 몸에 총알이 박힌 채로 며칠 만에 집에 돌아온
사실을 여행 중에 듣는 과정이 나온다. 나중에 물루의 몸은 회
복이 되지만 눈과 다리는 불구로 남는다.

이제 살던 곳을 떠나게 되어 어쩔 수 없이 고양이를 놓고
가야 하는 상황에 처한다. 누군가에게 맡겨볼까 하지만 더 험
한 꼴을 보고 말 것이라는 결론에 도달하여 결국 안락사를 시
키기로 의견을 모은다. 물루가 이 일을 알 턱이 없다. 수의사에
게 고양이를 데려가자 망설임 없이 큰 자루에 넣는다. 주사를
주기 위해 그렇게 한다는 것이다. 영문 모르는 고양이가 자루
안에서 몸부림을 치지만 수의사의 손길이 닿고 나자 서서히 저
항이 잦아든다. 고양이를 집 뜰의 월계수 아래에 묻어준 그는

허둥지둥 방으로 올라간다. 그러고는 다음 날 출발을 앞두고서도 이사 준비를 끝마치지 못한 상태로 오래도록 그냥 있었다는 것으로 이야기가 끝난다.

고양이는 사람보다 집을 더 좋아한다는 말이 있다. 이 느낌은 결코 허황되거나 과장된 것으로 보이지 않는다. 사람도 집에 있는 것이 좋다는 이들이 있으니까! 그런데 고양이는 유령 같은 구석이 있어서 하루 종일 집에 있는 듯한데 찾으면 없다. 언제 사라져도 이상할 것이 없는 희미한 그림자 같은 분위기가 있다. 어딘지 변신할 것 같기도 하고, 영적 세계와 연결되어 있는 듯한 섬뜩함도 있다. '근데 냥이는 어디 있지?' 하면서 찾게 될 때는 '오늘 하루만 벌써 몇 번째 찾는지 몰라' 하는 생각이 점점 빈번해지면서, 고양이가 쳐놓은 마법의 그물에 야금야금 결박되어가는 자신을 발견하게 된다. 고양이에게는 언제든지 위험에 처할 수 있다는 위태로움이 있다. 언제나 온화하고 화가 나 있는 모습을 본 적이 없다는 것도 고양이가 가진 기묘함이고, 그만의 독특한 균형감이다.

애견이나 애묘를 가진 사람들은 공통적으로 이들이 잠자는 모습을 볼 때면 무한한 행복감에 젖는다고 말한다. 고양이와 지내보니 나도 고양이의 잠든 모습에서 비슷한 기분이 된다. 고양이의 잠은 보는 이로 하여금 잠을 전염시킨다.

고양이는 방 앞의 매트에 웅크리고 있기를 좋아한다. 처음에는 무심코 문을 열다가 고양이를 두어 번 치받고는 서로 놀란 적이 있다. 혹시나 놀라 도망가서 다시 오지 않을까봐 나는 급히 사과를 했다.

"미안해, 아프지 않아?"

고양이 얼굴에 눈을 가까이 대고 말을 하는데도 이 녀석은 대수롭지 않다는 투다.

탑전에 둥지를 틀고 보니 '섬과 고양이와 나'는 독립된 개체로서의 묘한 연관성이 느껴졌다. 섬은 육지로부터의 분리이고, 고양이는 관계로부터의 독립이며, 나는 무소의 뿔과 같은 나 스스로의 홀로서기를 꿈꾸는 것이다. 장 그르니에의 《섬》이 아니라도 자신의 내면을 들여다볼 만큼 고독이 숙성되면 우리는 언제라도 섬을 찾아갈 수 있다. 인간 존재의 내면은 고독이 절대적인 비중을 차지하니까, 나를 비춰주는 마음의 거울 앞에 설 수 있는 용기가 생기는 것이다. 이 고독은 잠들듯이 고요한 상태가 되면 더욱 생생하게 살아난다.

산에 살면 문득 바다가 보고 싶어질 때가 있다. 여기서 가장 가깝게 바다를 볼 수 있는 곳은 고흥이다. 벌교를 지나 우주항공센터가 있는 곳까지 4차선 도로가 뚫려 있어서 최남단에 이르는 길이 빠르고 쾌적해졌다.

고흥, 장흥, 보성 등은 다도해로 이어지는 곳이며, 바다 가까운 곳에 송광사 말사가 많이 자리하고 있다. 그중 고흥 금

산의 송광암은 내가 출가한 이듬해 강원 소풍으로 간 기억이 있어서인지 그리움이 남아 있는 곳이다. 지금이야 연륙교가 있어서 차로 다닐 수 있다. 그 전까지는 배를 타고 다도해의 소록도와 꼬막 같은 조그만 섬 사이를 지나서 가야 했다.

　　모처럼 한가한 몸이 되었으니 그동안 못 가본 남도의 절들도 둘러볼 생각을 하지 않은 것은 아니다. 그러나 한 곳에 자리를 잡으면 움직이기를 좋아하지 않는 성미라서 꼼짝을 않다가 문득 송광암에 가보고 싶은 생각이 들었다. 그래서 하루 시간을 내어 다녀오기로 했다.

　　송광암에는 문중의 손아래 스님이 살고 있었다. 섬이라 자주 오는 사람들은 없다고 했다. 사람도 없는데 어떻게 지내냐고 했더니 마당의 큰 개를 가리키며 둘이 바라보며 산다고 웃어 보였다. 가던 날은 이슬비가 내렸다. 섬이라서 그런지 안개가 짙게 싸여 사람을 앞에 두고도 윤곽이 흐릿할 정도로 축축하고 멀어 보였다. 유심히 보니 정말 개가 있었다. 목줄에 쓸려서인지 목 주위의 털이 많이 빠져 있었다.

　　나를 보고 반가워 꼬리를 치지만 만져줄 엄두가 나지 않을 만큼 털은 때에 찌들어 있었다. 공양주도 없이 혼자 끓여먹고 사는 주지보다 마당의 개가 더 안쓰러웠다.

　　차를 마시고 산 아래로 내려오니 이슬비가 그치고 햇빛이 들기 시작했다. 그렇지만 먹구름이 모두 걷힌 것은 아니어서 구름 사이로 드는 햇살도 섬처럼 듬성듬성 하늘로부터 빠져나왔다. 간조가 한참 진행 중인지 바닷물이 빠지는 넓이만큼 갯벌이 드러나 섬 전체가 짙은 회색빛에 잠겨 있었다. 연륙교를 지나 잠시 차를 세워놓고 섬들을 바라보자니 문득 이런 심정이 되었다.

> 섬!
> 지난여름의 환지본처.
> 아무것도 아닌 것, 다 내려놓고
> 차라리 바위라도 되자.
> 여름 다 지났는데 때늦게 바다가 보고 싶어
> 고흥 소록도 지나 거금도 송광암에 갔지.
> 예전엔 배로 들어가던 걸
> 연륙교가 걸려 있어 쉽게도 나오던 길
> 저 멀리 짙은 안개 속에 고립된 조각섬 하나
> 너는 나.
> 섬!

하루키는 이렇게 쓴 적이 있다. '섬을 떠날 때는, 그것이 어떤 섬이든, 늘 왠지 모를 아쉬움이 남는다.'

고양이 얘기를 쓰면서 〈고양이 물루〉를 읽고 나니 이 녀석을 어떻게 이해해야 할지 무거운 마음이 되었다. 물루를 안락사시키는 부분에서는 정말이지 눈물이 쏟아지려는 것을 가까스로 참기도 했다. 잠자리건 먹을거리건 자기 손으로는 하나도 할 수 없고 오직 주인이 해주는 대로 맞춰서 살아가야 하는 수많은 애완동물들에 대한 이해와 사랑이 높아졌으면 좋겠다. 인간의 갑질이 이루 말할 수가 없다. 인간은 맘대로 하고 살지 않는가. 아무 상관이 없는데도 욕하고 발길질하고 돌팔매질을 한다. 이유 없이 굽히기도 잘한다!

생각해보면 우린 모두 하나의 섬 아닌가?

존재의 고독이라는 측면에서 보자면 모두 하나씩의 섬을 가슴에 안고 사는 건 아닐지. 고양이를 보면 문득 생각이 골똘해질 때가 있다.

고양이.

섬.

정말이지

고양이는 말이 없다

고양이의 눈빛은

자신이 먼저

말하기보다는

말하고 싶은

사람이

먼저 하라는 투다.

최선을 다한 고양이는 미안해하지 않는다

고양이의 습성을 알기 위한 사람들의 노력은 많은 이야깃거리를 전해준다. 우선 고양이는 쥐와 개와의 관계로 인식된다. '톰과 제리'의 영향일지도 모르지만 그들은 쫓고 쫓기는 운명적인 사이이면서 동화적인 상상력도 불러일으킨다. 이솝의 우화에는 고양이에 관한 이런 이야기가 있다.

고양이가 한 젊은이에게 사랑에 빠졌다. 고양이는 젊은이를 사랑할 수 있도록 여자로 바꿔달라고 신에게 정중히 부탁했다. 신은 고양이의 사랑에 감동받아 예쁜 여자로 바꿔주었다. 남자는 곧 여자에게 사랑에 빠졌고 결혼을 하게 되었다. 어느 날 신은 예전에 고양이었던 여자의 행동을 살펴보고 싶었다. 신은 그녀가 어떻게 반응하는지 알아보기 위해 마루 위로 생쥐 한 마리를 풀어놓았다. 그녀는 순식간에 두 발로 바닥을 치며 생쥐를 잡고 말았다. 신이 이 광경을 보고는 실망하여 다시 고양이로 바꿔버렸다.

고양이는 쥐를 보면 참을 수 없나 보다. 마음이 바뀌지 않으면 겉모습은 별 의미가 없다. 비슷한 얘기가 떠오른다. 생쥐 한 마리가 고양이만 보면 오금이 저려 살 수가 없었다. 생쥐는 고양이로 몸을 바꿔 달라고 기도했다.

기도가 통했는지 어느 날 고양이로 변했다. 며칠은 기분이 좋았는데 이번에는 마당에 큰 개를 보니 싸울 용기가 나지 않았다. 그래서 개로 바꿔 달라고 했다. 이제 개로 몸이 바뀌었다. 그런데 호랑이를 보니 주눅이 들어 불안했다. 그래서 또 호랑이로 바꿔 달라 했다. 생쥐는 호랑이가 되어 늠름하게 거리를 활보하기 시작했다. 그런데 갑자기 겁을 먹고 도망을 가기 시작했다. 고양이를 본 순간 자신이 호랑이라는 사실을 잊어버리고 생쥐의 기억이 되살아났던 것이다. 생쥐는 본래 자신의 모습으로 돌려달라고 빌 수밖에 없었다. 이 이야기는 라즈니쉬의 어느 책에서 읽었다.

해가 바뀐 새해 벽두의 어느 날이었다. 초저녁이라지만 한겨울이어서 날은 많이 어두워져 있었다. 이른 저녁공양을 하고 이것저것 치우느라 왔다 갔다 하는 사이에도 고양이는 보이지 않았다. 신경이 쓰였지만 때가 되면 들어오리라 생각하고 방에 들어와 있었다. 그러다 어느 순간 방 앞에서 고양이가 소리를 내며 나를 찾았다.

"어디 갔다 온 거야."

반가운 마음에 문을 열면서 말을 붙였다.

"야옹."

고양이는 연신 소리를 냈다.

고양이는 아주 조그마한 생쥐 한 마리를 물고 있다가 나와 눈을 마주치자 생쥐를 내려놓았다. 생쥐는 죽어 있었다. 순간 떠오른 생각은 '고양이가 주인에게 자랑의 뜻으로 쥐를 잡아 온다'는 말이었다. 자랑이란 생쥐를 잡아 감사에 보답하는 자신의 솜씨를 내보이는 거다.

"이 녀석, 왜 쥐를 잡아 왔어!"

난 고양이를 나무라며 쥐를 종이에 말아 얼른 소각로 잿더미 속에 버렸다. 고양이는 의아하다는 표정으로 서 있었다. 생쥐를 빼앗긴 아쉬움이 잔뜩 묻어나는 눈빛이었다. 콧등을 톡톡 치며 부드럽게 타일렀다.

"너, 절에 살면서 살생하면 안 된다."

고양이는 멍하게 있더니 그릇에 머리를 박고 사료를 먹기 시작했다. 나는 적잖이 걱정되었다. 우려하던 일이 벌어졌으니 난감한 기분도 들었다. 그래도 처음이라 대범하게 넘기고는 쉽게 잊어버렸다. 그 후 며칠 사이 주차건물의 축대에 앉아 숲을 응시하는 모습이 자주 보였다. 뭔가 수상하다 싶었다. 1월 8일이었다. 날짜를 기억하는 이유는 고양이가 나에게 온 후 첫 겨울비가 내린 날이었고, 비에 젖어 돌아다닐까봐 걱정스럽게 지켜보았기 때문이다.

고양이는 밤 9시가 넘어서 또 일을 저질렀다. 이슬비가 내리는 밤하늘을 올려다보다가 통로 입구에 들어서면서 하마터면 고양이를 밟을 뻔했다. 입구를 들어서면 바로 꺾어지는 지점이라 외등의 불빛이 희미하게 들기 때문에 바닥은 많이 어두운 편이다. 고양이는 평소와 다르게 어둠 속에서 웅크리고 서 있었다.

"너 어두운 데서 뭐 해?"

그냥 지나치려는데 고양이가 바닥을 킁킁대는가 싶은 순간, 조그만 생쥐 한 마리가 박스와 벽 틈으로 숨어들었다. 고양이는 생쥐를 찾으려고 박스 위를 오르락내리락하며 흥분하기 시작했다. 난 고양이의 발이 들어갈 틈을 주지 않기 위해 박스를 벽에 바짝 붙이고는 고양이를 떼놓았다.

"너 정말 큰일이다!"

이게 고양이의 보은인지는 몰라도 별로 반갑지 않았다. 버릇이 되면 곤란하다. 지금은 겨울이니까 그렇지 날이 풀리고 쥐들도 활동을 시작하면 신이 나서 더 많이 잡아 올지도 모른다. 난 다시 고양이를 앞에 놓고 머리를 쓰다듬어주며 대신 용서를 빌어주었다.

"살생중죄금일참회, 오늘 하루 살생한 것을 참회합니다. 앞으로 절대 살생하지 말거라."

이 기도가 통했을까, 한동안 고양이는 잠잠하게 지냈다. 그러다 외부에 선약된 초청법회가 있어서 하루 다녀왔더니 방 앞 발판에 놓인 비닐 소포 위에 까만 천 조각 같은 조그만 덩어리가 있었다. 자세히 보니 몸통은 사라지고 아몬드 크기의 작은 머리와 꼬리만 남은 생쥐의 흔적이었다. 비닐에는 피가 묻어 있는 것이 잡아와서 식사까지 마친 게 분명했다. 어쩌겠는가, 자리를 비운 미안한 마음이 있어서 더는 묻지 않기로 했다.

"너, 참 잔인하다, 잔인해!"

고양이는 내가 부르면 야옹, 하면서 가까이 오고, 때로는 멀리서도 손짓으로 오라 하면 올 줄 알았다. 어느 날 오후였다. 산에 다녀와서 씻고 나면 잠깐이라도 누워야 늦은 밤까지 일을 할 수가 있다. 특히 기온이 많이 떨어지고 바람이 세찬 날이나 눈이 쌓여 바닥이 미끄러운 날은 피로도가 훨씬 가중되었다. 그날도 추운 바람을 맞으며 산행을 다녀오니 바로 졸음이 몰려왔다. 헤라클레스 같은 역사도 '졸린 눈꺼풀은 이기기 어렵다'라고 했다던가. 막 자리에 누우려는데 이 녀석이 밖에서부터 유난히 큰 소리로 의기양양하게 들어오더니 방 앞에서도 기세를 부렸다. '뭐지?' 고양이는 소리를 멈출 것 같지 않았다. 문을 열었더니 어른 주먹 정도 크기의 큰 쥐를 잡아와서 소리를 치는 것이었다. 화가 치밀었다. 얼른 나가서 고양이를 밀어내는데도 다리 사이로 파고들었다. 순간 나도 모르게 눈에 보이는 신발을 들어 녀석의 머리를 치면서 밀어냈다.

"너, 정말 계속 이럴래!"

화가 좀 난 상태여서 부드럽지 않은 투로 질책을 했겠지만 고양이의 행동은 뜻밖이었다. 갑자기 뒷다리를 꼬아 그 자리에서 바닥에 주저앉으며 나를 바라보았다. 놀라는 표정도 아니고 미안해하는 눈치는 더더욱 아니었다. 그런데 왜 멀리 떨어지지 않고 바로 바닥에 앉는 것일까? 아주 짧은 순간의 일이지만 난 고양이의 마음이 이렇게 읽혔다.

'나를 버리지 말아요, 나는 가지 않을 거예요!'

고양이의 눈은 그렇게 말을 하고 있었다.

얼른 죽은 쥐를 집어 들어 소각로에 던져놓고는 들이왔더니 고양이는 아직도 꼼짝하지 않고 그 자리에 앉아 있었다. 고양이를 마주하고 앉아 다시 머리를 쓰다듬어주면서 사과하듯 말했다.

"미안해. 나에게 선물 주고 싶었어? 그래도 제발 쥐 좀 잡아 오지 마, 이 녀석!"

나는 사료 그릇을 가까이 옮겨주면서 화해를 청했다.

한 마리의 쥐일지라도 이것이 고양이가 나에게 보이는 '공양'이라면 의미가 달라질 수도 있겠다는 생각이 들었다. 〈현신(獻身)〉이라는 김광섭의 시가 있다. 시 내용은 이렇다. 불심이 선 것을 자랑하려고 여우와 원숭이와 토끼가 하늘의 제석님을 찾아갔다. 제석님은 시장기가 돈다고 하고서는 그들이 어찌하는지를 보았다. 그랬더니 여우는 잉어 새끼를 물어오고 원숭이는 도토리알을 들고 왔는데 토끼만 빈손으로 왔다. 그러고는 모닥불을 피우더니 활활 타오르는 불 속으로 폴짝 뛰어들면서 익거든 내 고기를 잡수시라 했다. 제석님이 토끼의 진심을 가상히 여겨 그 몸이나마 길이 우러러보라고 달 속에 옮겨놓아서 지금도 토끼가 달 속에 살고 있다는 전설이 남게 되었다. 그

것은 토끼가 보여준 헌신과 진심의 표상이기 때문이었다.

　　1970~80년대는 시인들이 사랑받던 시절이 아니었을까 싶다. 그 시절에 누구나 한 번쯤은 들어보았을 시 중에 김광섭 시인의 〈성북동 비둘기〉가 있다. 법련사 주지로 있을 때 김광섭 시인의 손자가 아이 엄마와 아들 둘을 데리고 자주 나왔다. 나는 할아버지의 시를 얘기하면서 항상 반갑게 맞아주곤 했다. 〈헌신〉은 법문으로도 가끔 얘기할 만큼 좋아하는 시다. 사람이 갖는 희로애락과 갖가지 미묘한 감정을 동물들은 어느 정도 가지고 있을까. 나아가 은혜를 갚기 위한 행위를 한다는 게 가능한 일인지 알 수 없다. 다만 스스로의 마음에 비춰서 보살피고 소중히 여겨주면 동물과도 더 가까워지게 될 것이다. 이 추운 산중에서 겨울을 지내는 주인 없는 짐승에겐 춥고 배고픈 게 고독보다 더 견디기 어려운 일이리라. 난 고양이를 안심시키기 위해 가만히 속삭였다.

　　"우리 인연은 지속될 거야, 냥이!"

밤 10시

냥이는 나 말고는 아무도 놀아줄 사람이 없다. 그래서 밤 10시를 냥이
의 시간으로 정했다. 이 시간이 되면 하던 일을 멈추고, 돋보기안경을
보통 안경으로 바꿔 쓰고 겉옷을 입는다. 랜턴을 들고 '사냥 가자' 한마
디 하면 냥이는 즉각 따라나선다. 동물의 눈은 어둠속에서 빛을 반사
한다. 숲을 향해 랜턴을 이리저리 비춰보면 간혹 꼬마전구 두 알을 켠
듯 반짝이는 동물의 눈과 마주친다. 순간 설렘과 긴장감이 교차한다.

　　　내 뒤를 졸졸 따라오는 냥이는 여기저기 냄새를 맡기도 하고 풀
을 뜯어 먹기도 하고 볼일을 해결하기도 한다. 냥이에게는 숲 전체가
'오픈 토일렛open Toilet'이다. 낙엽더미나 부드러운 흙을 파서 일을 보고
날렵하게 낙엽을 긁어모아 흔적을 감추는 솜씨에 매번 감탄한다.

　　　밤공기는 청량하다. 숲에 살면서도 정작 이 시간에야 비로소 나
는 달도 보고 별도 보고 하늘에 떠있는 구름을 본다. 새 소리도 듣지만

멧돼지 같은 큰 동물의 울음소리를 듣는 날도 있다. 계절에 따라 불어오는 바람의 느낌은 사뭇 다르다. 어둠 속에서 나뭇잎이 바람에 떠는 소리를 듣고 있으면 번뇌의 불이 일시에 꺼지면서 마음은 한없이 평온해진다.

탑전에서 계곡의 다리 근처까지 서서히 돌아오면 30분 정도 걸린다. 나갈 때는 냥이와 같이 가지만 들어올 때는 함께 오지 않는다. 냥이는 축대 위나 돌 더미 위에 배를 깔고 비스듬히 누워 나를 바라본다. 먼저 들어가라, 자신은 혼자 더 시간을 보내겠다는 뜻이다.

손발을 씻고 방으로 들어가면 하루 숙제를 마친 홀가분한 기분이 된다. 조금 지나면 냥이가 야옹야옹 하면서 왔다는 기척을 한다. 어쩌면 냥이도 밤 10시를 나와 놀아줄 시간이라고 생각하는지도 모른다.

털

매끄러운 피부를 가진 인간은 물로 씻어서 몸을 깨끗하게 관리한다. 몸을 털로 싸고 있는 동물의 경우도 어떻게든 털을 관리해야 한다. 자기 털을 스스로 핥고 정돈하는 행위를 '그루밍(grooming)'이라고 한다. 마부(groom)가 말을 빗질하고 목욕시켜 말끔하게 꾸민다는 데서 유래한다. 원래는 동물의 털 손질, 몸단장, 차림새를 의미했다. 사회생활을 해나가려면 낯선 이들과도 대화를 잘 해야 한다. 그럴 때 대화 소재로는 날씨만큼 좋은 게 없다. 그래서 그루밍이 관용어구로 쓰여 영국인 사이에서 날씨 이야기는 '안면 트기 대화(grooming talk)'라고 한다.

　　고양이의 전매특허가 그루밍이다. 깨어 있는 시간의 40% 이상을 그루밍에 할애한다고 하니 그 습성의 강렬함이 놀랍다. 냥이도 정말로 그루밍에 열중한다. 문득 뭐 하나 싶어서 들여다보면 그루밍 중이

다. 자나 깨나 털 고르기!

털을 핥으면 자연히 목에 넘어가기 마련이어서 뱃속에 털이 뭉치는 '헤어볼(hairball)'이 생긴다. 고양이는 헤어볼을 토해내려고 풀을 뜯어 먹는다. 처음에는 냥이가 풀을 하도 잘 먹기에 절에 사는 녀석이라 다르다며 기특해했는데 헤어볼 때문이었다! 이제는 오히려 냥이가 풀을 안 먹으면 불안하다.

어느 날 빗속에 산행을 하고 돌아와 낮잠을 깊이 잤다. 얼마나 잤을까. 눈을 떠보니 냥이가 방문 발치에서 그루밍을 하고 있었다. 혀와 발을 이용해서 열심히 털을 핥고 고르고 다듬는 냥이를 보면서 문득 이런 생각이 들었다.

'냥이, 넌 그 많은 털을 달고 다닐 자격이 있다.'

너는 페미니스트냥?

한 연구에 따르면 전 세계 60여 개 문화권의 95%가 가족이 당한 일에 대해 복수하려는 습관을 가진다고 한다. 또 다른 연구에서는 93%의 문화권에서 용서와 화해의 제스처를 보인다고 한다. 즉 복수를 품으면서도 한편으로는 화해하고 치유할 의향이 있다는 뜻이다. 영장류 같은 동물 외에도 양, 염소, 하이에나, 돌고래도 갈등이 생긴 이후에는 관계를 회복하려는 노력을 보인다. 그런데 오직 집고양이만 이런 행동을 보이지 않는다고 한다. 이래서 고양이는 까칠하다는 소리를 듣는구나! 고개가 끄덕여진다.

　　또 다른 이야기도 있다. 길냥이는 동성끼리는 사생결단을 하고 싸우지만 성이 다른 경우는 그렇지 않다. 그래서 그랬을까. 냥이의 사료를 훔쳐 먹으려고 큰절에서 넘어오는 다른 고양이들을 보면, 어떤 경우는 소리 내어 으르렁대지만 어떤 때는 훔쳐 먹어도 그냥 바라보기만 할 때가 있었다. 냥이는 수컷이니까 암고양이는 봐주는 것이다.

냥이는 점점 껍딱지가 되어간다. 밖에서 일을 보고 오면 탑전 입구에서 기다리기도 하고, 외출하려고 분주하게 움직이면 어떻게 알았는지 싫어하는 눈치가 역력하다. 가끔 냥이를 보지 못하고 외출하는 경우에는 울면서 찾아다니기도 한다고 한다. 간혹 연이틀 절을 비우고 난 후라면 냥이는 더더욱 내 곁을 졸졸 따라다닌다. 무슨 일이 있어도 떨어지지 않겠다는 결의가 읽혀진다.

하루 종일 같이 지내는 날에는 냥이와 나 사이에 친밀감이 증폭된다. 졸졸 따르다가 까닭 없이 종아리나 발등을 깨물기도 한다. 내가 귀여워 죽겠다는 뜻인가!

가끔은
사랑하는
사람에게
상처를
맡겨도 된다

보고 싶은 마음을 누르고 기다리면 고양이가 먼저 온다

고양이에 대해 잘 모르는 나는 이런저런 걱정이 많았다. 당장의 호기심보다도 추운 겨울에 나지(裸地)로 내보낸다는 게 마음에 내키지 않았다. '이 녀석은 어디서 온 걸까?' 그동안 한 번도 마주친 적이 없었기 때문에 갑자기 나타난 이 고양이에 대한 궁금증이 가시질 않았다. 내 생각으로는 사하촌의 상가나 마을 집에서 흘러온 게 아닐까 싶었다. 하루는 고양이의 사진을 핸드폰으로 찍어 큰절의 D스님에게 보내드렸다. 뜻밖에도 스님이 고양이를 알고 있었다. 그 고양이가 큰 절에서 유명하다는 말도 했다. 잠은 아궁이나 보일러실 같은 따뜻한 곳을 찾아다니며 자고 스님들 처소 여기저기 돌아다닌다고 했다.

"그 고양이 유명해요. 다른 고양이는 사람 가까이 가면 도망가는데 그 고양이는 사람을 무서워하지 않아요."

뜻밖의 말을 듣고 나니 기분이 묘했다.

"그동안 고양이 먹이는 어떻게 했어요?"

"가까이 하면 귀찮게 하니까 고정적으로 챙겨주는 사람은 없어요."

그동안 고양이가 어떻게 먹고 살았는지 알고 싶었다. 특히 간이 밴 음식은 해롭다는 것을 알기 때문에 걱정스러웠는데 역시 누구도 돌봐주지 않는 거였다. 요즘은 도시나 시골 할 것 없이 어디에나 집에서 기르던 개나 고양이가 버려져 많은 문제를 일으킨다. 그런데 산중에서도 주인 없는 동물을 마주치게

되니 뜻밖이었다. 내가 잘 아는 서울의 의사 한 분은 아파트 단지를 배회하는 고양이들의 사료를 주기 위해 부부가 일 년 내내 휴가도 가지 않고 돌보고 있다. 하물며 생명을 소중히 생각하는 절집에서 추운 겨울, 주인 없는 동물을 보살펴주지 않는다는 것은 지탄을 받을 수도 있는 일이었다. 하지만 그럴 수밖에 없는 이유도 있다. 큰절은 스님들이 공동으로 생활하기 때문에 개인적인 일은 금한다. 더군다나 동물을 잘 기르지 않는 절에서는 특히 환영받지 못할 일이다. D스님은 고양이에 대해 더 많은 것을 말해주었다.

"그 고양이는 아무도 없는 마당에 혼자 우두커니 앉아 있기도 해요. 웃긴다니까요."

"그럼 녀석이 큰절에 온 지 얼마나 됐어요?"

"제가 온 지 한 3년 되는데, 그때도 있었으니까요."

얘기를 듣고 나니 고양이의 정체가 어느 정도 그려졌다. '쉽게 떠나지는 않겠구나.' 절에서 하는 말로 어쩌면 전생에도 절에서 살았던 인연일 거라는 생각이 들었다.

D스님과는 서울에 있을 때부터 왕래가 있었고 비슷한 연배라서 잘 알고 지낸다. 온천에도 자주 같이 가고, 외부 강의를 다녀오는 길이면 문자로 필요한 것을 물어서 간단한 장을 봐주기도 한다. D스님은 궁금했던지 탑전에 건너와 고양이를 보고는 다시 확인을 해주었다. 그날 이후 고양이가 큰절에 나

타나면 핸드폰으로 사진을 찍어 보내주면서 문자도 넣어 알려주었다. '냥이 큰절에 나타났습니다.'

이제 고양이의 동선이 어느 정도 파악이 된다. 두세 시간 안 보이면 큰절에 건너갔다 오는 것이고, 1시간 이내로 안 보이는 것은 숲이나 석축 틈새로 드나드는 쥐를 찾는 것이다. 그래도 근처에 있을 때는 담장 너머로 야옹, 하고 부르면 저도 어디선가 야옹, 하면서 걸어 들어온다. 도심의 아파트는 고양이를 기르기에는 그다지 좋은 환경이 아니다. 고양이가 야행성이고 밖에 돌아다니기를 얼마나 좋아하는지 안다면 더더욱 그렇다.

또 만약 내가 고양이의 '화장실'을 책임져야 하는 상황이라면 돌볼 엄두를 내지 못했을 것이다. 산중에 사는 이 고양이는 천지가 자기 땅이고 화장실이다. 화장실 일을 어떻게 처리하는지 본 적은 없지만, 이 고양이는 한 번도 건물 안에 냄새를 풍겨본 적이 없다. 이 점이 참 좋다. 사료와 물만 챙겨주고 집만 만들어주면 혼자 잘도 지낸다. 만약 물을 주지 않는다 해도 계곡에 나가서 해결했을 터다.

고양이는 정말 은근한 성격의 소유자다. 뭘 설치고 시끄럽게 구는 법이 없다. 고양이는 매트를 좋아해서 한 장 깔아주면 잘 앉아 있다. 방문 앞과 잠자리에 깔아줬더니 두 곳을 번갈아 앉는다. 고양이의 잠은 움직일 동력을 얻는 소중한 시간이다. 많이 돌아다닌 날은 다음 날까지 푹 잔다. 푹 자는 정도가 아니라 계속 잔다. 화장실은 어느 틈에 해결하는지 몰라도 그 정도 시간만 제외하고는 밖에 나가질 않는다. 푹 쉬고 나서는 어김없이 큰절도 다니고 쥐를 살피러 다닌다. 적어도 내가 느낀 고양이의 특성이라면 절대로 피곤한 상태에서는 움직이지 않는다는 인상을 준다. 이 점이 고양이의 매력으로 다가온다. 절대로 분위기에 휩쓸리지 않고 철저하게 자신의 리듬과 안배 속에 살아가는 것이다.

고양이는 주인이 자주 찾아도 싫어한다. 보고 싶다는 마음을 누르고 은근하게 기다리면 고양이가 먼저 온다. 고양이가 관심을 많이 받고 싶은 때는 밖에서 시간을 보내다가 들어오는 때다. 놀이터에서 놀다 들어오는 아이가 엄마를 찾는 모양이 그럴까 싶은데, 꼭 멀리서부터 소리를 내고 들어온다. 만약 사람이 안에 있으면서 내다보지 않으면 문을 올라타고서 문살을 긁는다. 이제는 눈을 맞추고 말을 건네면서 맞아준다. 그러면 방에는 들어오지 못하니까 문 모서리에 머리와 몸을 몇 번이고 쓸고 다니기를 반복하고 나서는 밥을 먹는다. 어른들이 아이들 밥 먹는 것을 보고 '고양이 밥 먹듯이 한다'라고 하는데, 한 번에 많이 먹지 않고 몇 입씩만 먹는다. 과일이나 빵조각을 입에 대보지만 입질도 여간 조심스럽지가 않다. 고양이의 게걸스럽지 않은 이런 식성이 맘에 든다.

고양이는 언제부턴지 자정이건 새벽이건 내가 잠들려고

불을 끄기 전까지는 방문 앞에 자주 웅크리고 앉아 있다. 문을 조금만 열어도 방에 들어오고 싶어 머리를 문틈으로 넣으려고 애를 쓴다. 하지만 털 빠지는 게 내키지 않아 활짝 열어주지는 않는다. 그러면 고양이는 눈을 반짝이며 이것저것 눈대중을 하는데, 가장 호기심이 가는 것은 책상 테이블이나 선반이 아닐까 싶다. 태생적으로 높은 곳에 올라가기를 좋아하는 습성이 있어서 선반을 보면 몸이 근질근질할지도 모른다. 아니면 자신이 태어났을 때부터 집고양이로 살아서 따뜻한 방에 주인식구들과 함께 자고 뒹굴며 장난치던 시절의 기억 때문에 방에 들어오고 싶은지도 모른다. 어떤 날은 유난히 감기면서 같이 놀기를 바라기도 한다. 나는 고양이의 콧잔등을 톡톡 치면서 빨리 들어가 자라고 재촉한다. 고양이는 이렇게 매트 위에 배를 바짝 붙이고 엎드려 있는 것이 지루하지도 않는가 보다.

어쩌다 홀로 이곳까지 흘러왔을까? 지금의 고양이와 나는 절대고독 속에서 서로가 서로를 비춰주는 거울과 같아 고양이에 대한 의문은 곧 나의 의문으로 돌아온다.

넌 누구냐?

우린 독(獨)대 독(獨)이다!

고양이는 자기를 싫어하는 사람을 알고 있다.
그러나 별로 상관하지 않는다

나는 텔레비전이나 라디오 없이 지내면서도 인터넷 검색으로 뉴스를 일별해 볼 수 있기 때문에 그다지 갑갑한 기분은 없다. 갈수록 인터넷 환경도 좋아져서 필요한 경우는 라이브로 보거나 검색해서 찾아보기도 한다. 내가 애용하는 사이트는 유튜브다. 특히 클래식을 찾아 듣기가 좋다. 평소 자연환경이나 동물과 관련한 이야기에 관심이 많은데, 이제 고양이와 관련한 이야기는 그냥 지나치지 못한다.

얼마 전에는 희비가 극명하게 엇갈리는 뉴스가 동시에 나왔다. 주인공은 고래와 벌새다. 노르웨이 인근 해역에서 고래의 사체가 발견되어 사인을 규명하기 위해 해부했더니 위 속에서 여러 크기의 비닐봉지 30여 개와 폐플라스틱 쓰레기가 발견되었다. 전문가들은 고래가 죽기 전까지 많이 괴로워했을 것이라며 안타까워했다. 한 조사에 따르면 전 세계 바다에는 약 5조 개에 달하는 비닐 쓰레기가 있을 것이라고 추정한다. 유럽에서만 1년에 약 1천억 개의 비닐봉지가 사용되고, 그중 80억 개가 쓰레기가 된다고 하니 환경오염의 심각함을 알겠다.

반전은 캘리포니아발 뉴스다. 샌프란시스코 인근에서 다리 확장 공사를 위해 나무를 베려던 중에 벌새 둥지와 그 속에 부화를 앞둔 한 개의 알을 발견하고는 알이 부화할 때까지 공사를 중단하라는 법원의 판결이 나왔다고 한다. 공사 중지로 인한 피해액은 약 800억이라 하니 그 벌새는 태어나도 뉴스가 되겠다.

> 고양이들은 어떤 사람이 자기들을 좋아하고 어떤
> 사람들이 자기들을 싫어하는지 알고 있다. 하지만
> 별로 상관하지 않는다.

이 말을 한 위니프레드 카리에르가 어떤 사람인지는 모르지만 고양이를 꽤 깊이 관찰했던가 보다. 나는 아직 고양이에 대해 더 많은 경험이 필요하다는 생각이 든다. 1월 중순에는 서울에 선약된 법회가 있어서 다녀와야 했다. 평소 같으면 이왕 올라간 김에 이런저런 일도 보고 사람들도 만나고 올 텐데 고양이 때문에 적잖이 고민이 되었다. 애완동물을 키우는 사람은 휴가를 맘대로 못 간다고 하더니 내가 그 입장이 되고 보니 여간 난감한 게 아니었다. 결국 D스님에게 부탁을 드리는 수밖에 없었다.

"내가 서울에 초청법회가 있어서 한 며칠 다녀와야 합니다. 원래는 3박4일 다녀오려 했는데 고양이가 신경 쓰여 이틀만 다녀오려고요. 가는 날 점심에 먹이를 주고 갈 거고, 하루 머물고 다음 날 법회 마치고 내려오면 밤 열 시 정도 되겠지요. 그러니 딱 두 번만 고양이 사료 좀 주지 않으실래요?"

D스님은 흔쾌히 응했다. 드디어 출발일이 되었다. 외출

준비라야 양말과 옷가지 약간, 틈틈이 읽을 책 두 권, 세면도구, 충전기, 그리고 아이패드다. 물건들을 챙겨 가방에 넣고는 출발 준비를 마쳤다. 고양이는 아직도 박스 안에 들어앉아 있었다. 내가 들어오지도 않고 방에 불도 꺼져 있으면 어디로 가버릴지도 모른다는 걱정이 들어 방에 불을 켜놓을 필요가 있었다. 그래서 책상 위 스탠드의 전구 촉수를 낮은 것으로 바꿔 끼워놓고는 불을 켜놓은 채로 문을 잠갔다. 고양이는 아직도 내 나들이를 모르고 있었다. 고양이 앞에 쪼그리고 앉아 콧등을 두드리며 말했다.

"서울 다녀올게. 잘 먹고 잘 자고 어디 가지 말고 있어. 사료는 꼬박꼬박 줄 것이니 놀라지 말고. 알았지?"

그러다 문득 생각이 났다. 나는 아침마다 물티슈로 좁쌀 크기의 까맣게 붙은 고양이 눈곱을 떼주고 귓속에 티슈를 넣어 닦아준다. 처음에는 몸을 빼다가 가만있으라고 하면서 머리를 잡고 닦기 시작하면 점점 자세를 낮추면서 얌전해진다. 특히 귓속을 문질러줄 때는 시원한지 고개에 힘을 주어 방향을 튼다. 귓속에서 먼지가 묻어나오는 걸 보면 시원할 만하겠다는 생각이 든다. 특히 귀여울 때는 턱 아래 목을 닦아줄 때다. "목!" 이렇게 하면서 목덜미에 손을 대면 턱을 올리면서 앞으로 내밀고는 눈을 감는다. 목을 쓸어주는 시늉을 하면 항상 그런 자세가 된다. 나는 다시 방문을 열어 물티슈를 한 장 꺼내와 얼굴과 목덜미를 깨끗하게 해줬다. 이제 떠날 준비가 다 되었다.

"냥이, 다녀올게, 잘 놀고 있어!"

내가 자리에서 일어나자 고양이도 박스에서 기지개를 켜며 밖으로 따라 나왔다. 어디까지 따라올 건가, 하며 바라보니 겨울햇살이 가볍게 드는 건물 모퉁이의 바닥에 웅크리고 앉아 시선을 멀리 두고서 꼼짝하지 않았다.

나는 광주로 나와 송광사 분원의 주차장에 차를 대놓고는 지하철을 타고 송정역으로 갔다. 기차에 오르자 피곤이 몰려왔다. 자면서 갈까, 하는 생각을 하다가 아이패드를 꺼내 고양이 얘기를 쓰기 시작했다. 사람들은 좁은 화면에 딱딱한 자판으로 글이 써지느냐고 묻는다. 물론 불편한 점이 많지만 자판을 톡톡 치다 보면 이 흐름은 처마에 빗방울 떨어지듯 생각의 속도와 어우러져 제법 많은 양의 원고를 쓸 수 있다. 이날도 원고에 몰입하자 승차할 때의 피곤함도 어느덧 사라지고 서울에 도착할 즈음에는 제법 많은 양이 채워져 있었다. 원래는 많이 쓸 생각이 아니었다. 돋보기를 꺼내지 않고 안경을 앞머리에 올려 걸친 채로 쓰기 시작했다. 그렇게 종착역에 도착할 때까지 움직이지 않고 타이핑을 계속한 탓에 눈은 무겁고 침침했지만 기분은 좋았다. 택시에 올라 핸드폰을 열어보니 D스님의 문자와 함께 박스에 들어 있는 고양이의 사진이 떠 있었다. 나는 늦은 답장을 보냈다.

"고마워요! 일 잘 보고 갈게요. 부탁해요."

삼청동 법련사에 도착하여 스님들과 차를 마신 후에 잠자리를 준비하지만 눕고 싶은 맘은 없었다. 방 안이라지만 도시의 콘크리트 벽에 닿는 공기는 차갑고 건조해서 감기 걸리기에 딱 알맞았다. 10년을 넘게 살던 곳인데도 막상 떠나고 나니 잠깐 머무는데도 서먹한 기분이 없지 않았다. 기차에서 쓰던 원고를 마무리하고 나니 새벽 2시, 내복 위에 옷을 하나 더 껴입고서야 잠을 이룰 수 있었다.

다음 날은 두 달 동안 찾지 못했던 운전면허증을 갱신하여 재발급 받고, 몇 가지 일을 봤다. 마침 서울은 촛불집회로 열기가 고조된 만큼 분위기는 말할 수 없이 어수선했다. 올해 들어 가장 강력한 한파가 몰려와 낮아진 기온 탓인지 몸도 몹시 피곤했다. 시간도 보낼 겸 목욕탕에 다녀와 방에 있자니 달리 무엇을 할 정신이 나지 않았다. 내일 법회 내용을 몇 번 살펴보고 나서는 하릴없이 텔레비전의 채널을 이리저리 돌리다가 잠자리에 들면서 문자를 다시 확인했다.

"고양이 잘 있습니다."

D스님의 문자를 다시 보면서 고양이를 생각하니 '내가 어쩌다 이런 심정이 되었나' 싶었다.

법회는 오후 3시였다. 이번 법회의 PPT는 탑전에 내려가 있는 동안에 핸드폰으로 찍은 사진과 동영상으로 화면을 만들었다. 특히 마지막 장면은 법정 스님이 기거하셨던 불일암의 대숲 정경이었다. 하루는 산행에서 돌아오는 길에 모처럼 불임암에 들어가 차 한 잔 마시고서는 후박나무 아래서 멀리 조계산을 바라본 일이 있었다. 그날따라 바람이 세차게 불었다. 병풍처럼 둘러싼 텅 빈 겨울산을 먼발치로 하여 불일암의 짙은 초록빛을 띤 대숲이 바람에 잎을 서로 부딪치며 이리저리 몸을 누였다. 이것은 절묘하게 두 개의 층을 이루어, 짙은 회색빛의 겨울산과 파란 대숲이 대비되어 더욱 생기를 띄었다. 이 정경을 20초 분량의 동영상으로 찍어두었는데 법문 끝에 보여드린 것이다.

　우리가 바람을 보지 못하지만 대숲이 흔들리는 것으로 바람을 알 수 있다. 마찬가지로 우리는 법정 스님의 가신 실체를 알 수 없지만 생전의 가르침을 통해 스님은 우리 마음속에 존재한다. 하지만 스님 가신 세월이 쌓여가는 만큼 기억은 반대로 비워지는 것이다. 부동의 조계산과 요동치는 초록빛 대숲은 삶과 죽음의 경계처럼 확연하게 대비되었다. 어쩌면 그것은 소유와 무소유의 간극일지도 모른다. 나는 불일암 영상을 통해 청중들이 스님의 가르침을 다시 한 번 돌아보길 바랐다.

　서울은 몹시 추웠다. 강연을 마치고 돌아가는 길, 기차는 어둠을 뚫고 빠르게 서울을 빠져나오면서 속도를 더욱 높였다. 서울에 올라온 이틀 사이에 남도에는 많은 눈이 내리고 있다는 일기예보가 계속 나오고 있었다. 마침 윙~ 진동을 일으키며 핸드폰이 문자 도착을 알려왔다.

"눈이 많이 오고 길이 얼었어요. 국도는 위험하니 고속도로로 오세요. 고양이 사료는 잘 줬습니다."

D스님의 친절한 문자를 받고 나니 고맙고 즐거운 마음이 되었다. 평소에 광주를 나다닐 때는 고속도로보다는 국도로 다니기를 좋아한다. 하지만 이날만큼은 고속도로를 이용하는 것이 좋을 듯했다. 송정역에서 내려 송광사로 들어오는 내내 눈발이 그치지 않았다. 밤 9시가 넘어서서 기온이 떨어지고 있음에도 불구하고 길은 얼어 있지 않았다. 매표소를 통과하여 올라오는 비포장 길은 우거진 나무로 응달진 곳이 많아 차량의 바퀴자국을 제외하고는 눈이 하얗게 덮여 있었다. 도착하여 서둘러 건물 입구에 들어섰다. 통로의 불은 꺼져 있었다.

고양이가 온 후로는 항상 통로의 등을 약하게 하여 켜두곤 했는데 이날은 불이 꺼져 있어서 감감했다. 스위치를 올리자 복도가 환해졌다. 불을 켜두고 간 내 방에서는 은은한 불빛이 흘러나오고 있었다.

'냥이는 어떻게 된 걸까?'

방 앞에 박스를 내려다보았다. 고양이가 까만 눈을 뜨고 나를 올려다보았다. 이렇게 반가울 수가! 고양이의 미간을 문지르며 말했다.

"냥이, 간식 사왔다."

나는 짐을 풀기도 전에 고양이 간식부터 꺼내 내밀었다. 서울에서 지인에게 부탁하여 구해온 것들이다. 고양이는 생선을 좋아한다지? 간식은 연어살과 고기가 혼합된 빼빼로 반 크기의 막대 모양이었다. 봉지에서 몇 개를 꺼내 앞에 놓고 먹어보라고 채근했다. 그런데 혀로 한 번 핥더니 더 이상 입에 대지 않았다. '왜 이러지?' 다시 장난감 봉지를 뜯었다. 호두 알보다 조금 큰 색색의 방울에 어떤 것은 깃털이 달려 있기도 한 10개들이 장난감 방울 세트였다. 그중 알록달록한 방울 한 개를 통로의 반대편을 향해 멀리 던졌다. 방울이 바닥에 몇 번 톡톡 팅기면서 짤랑짤랑 소리를 냈다. 그런데도 고양이는 물끄러미 쳐다만 볼 뿐 역시 반응이 없었다. 서울에서 사온 선물은 전혀 고양이의 호기심을 끌지도 못하고 마음을 사로잡지도 못했다. 맥이 빠졌다.

'녀석, 촌놈이라 간식도 모르고 방울도 모르는군.'

이게 이 고양이만의 성격인지, 주인 없이 떠돌아다닌 지가 오래라서 이 정도로는 감각이 없다는 것인지 알 길이 없다. 하지만 무심하고 덤덤한 고양이의 반응이 뜻밖이어서 당황스러운 한편, 든든하고 미더운 마음도 들었다. 그리고 며칠 자리를 비웠는데도 어디 가지 않고 기다려준 것이 많이 고마웠다.

'앞으로 걱정 없겠는데!'

    잠자리에 누워 생각해보니 어디 다녀오면서 누군가가 기다리고 있다는 생각에 설레는 마음을 가져본 기억이 달리 없었다. 고양이가 안긴 뜻밖의 선물이었다.

고양이는 추위를 싫어하기보다
따뜻함을 좋아할 뿐이다

인류가 존재해온 오랜 기간 동안, 인간은 만물에 대한 호기심을 갖고 탐구해왔다. 호기심은 관찰을 불러일으켰고 관찰은 의문을 해소하기 위해 보다 정교한 법칙을 논리적 근거로 제시했다. 법칙은 모든 것을 관통하는 최종적인 통일성이자 세계 전체를 내면적으로 떠받치는 것으로서 존재하는 만물의 원초적인 근원이라고 정의할 수 있다.

세계 전체를 떠받친다는 것은 항구적으로 존재하게 하는 원리가 있음을 말한다. 만물은 그런 원인으로 인하여 유지되고 예측된다. 철학적 이해는 '독사(doxa)'와 '에피스테메(episteme)'로 구별하면서 시작된다. '독사'는 단순한 개인적 의견이고, '에피스테메'는 학문적 지식이라는 차이가 있다. '내 생각은 이렇다', '내가 보기에는 이렇다' 등이 독사라고 하는 의견의 범위다. 반면에 에피스테메는 진리적이라는 법칙에 근거함을 말한다. 이처럼 철학에는 원리와 법칙에 대한 이해가 대단히 중요하다.

고양이!

항간에 떠도는 이야기가 아닌 과학적 진실로서의 고양이는 어떤 존재일까? 인터넷에 검색해보니 고양이를 둘러싼 많은 이야기들이 있었다. 최근에 알게 된 흥미로운 사실 하나를 소개하면 이렇다. 토스트에 잼을 바르다가 바닥에 떨어뜨리는 일은 대체적으로 한 번쯤은 겪어봄 직한 것이다. 이상하게 잼 바른 면이 바닥을 향한 채로 떨어져서 빵을 버리고 만다. 이 문제가 처음 제기된 것이 1835년 뉴욕의 월간지에 실린 이후로 180여 년간 연구된 주제라고 한다. 로버트 매튜라고 하는 영국의 과학자가 이를 수학석으로 증명해보고는 학술지에 발표까지 했다. 160센티미터의 높이에서 잼 바른 토스트를 떨어뜨려 그 확률을 구하는 실험으로 9,821번 떨어뜨렸더니 6,101번이나 잼 바른 면이 바닥에 닿는 결과를 얻었다. 확률은 62.1퍼센트라니 그도 절대적인 것은 아니라는 말씀.

여기에 착안하여 물리학자 제임스 맥스웰이 고양이 실험 하나를 해봤다. 고양이를 배가 위로 향하게 하여 떨구면 몸을 돌려 발부터 착지하는 것을 볼 수 있는데 그 적당한 높이를 구하는 문제였다. 영어로는 'Cat Righting Reflex'라고 부르는 이 동작은 〈고양이 고지 낙하 증후군(Feline high-rise syndrome), 2004〉이라는 논문에서 대략 30센티미터의 높이 이상은 되어야 그런 동작을 취하는 게 가능하다고 밝혔다. 과학자들은 두 가지 명제를 얻었다.

1) 식빵은 잼 바른 면이 먼저 떨어진다.
2) 고양이는 발부터 착지한다.

사람의 생각이란 게 참으로 기발하여 잼 바른 식빵을 고양이에 묶어서 떨어뜨리면 어떻게 될까 하는 의문을 품었다. 언급한 두 명제를 합친 사고실험은 '잼 바른 고양이의 역설'이다. 고양이 등에 잼 바른 빵 면을 위로 향하게 묶어놓고 떨어뜨리면 두 명제 중 어느 것이 성립할까에 대하여 의문을 가졌던 학자들이 실험을 진행했다. 물리학적으로는 고양이가 주는 힘이 크기 때문에 발부터 땅에 착지한다는 게 현실적인 답안이라는 의견이 도출되었다.

나는 갈수록 고양이에 대한 실제적 지식이 궁금했다. 사료와 물로 먹을 것을 해결했으니 이제 안정된 잠자리만 마련된다면 맘이 놓일 것 같았다. '고양이와 추위'에 대한 진실은 어떤 것일까? 여름에 만났다면 이런 걱정은 하지 않았을지도 모른다. 하지만 지금이 겨울이고 특히 산중은 밤에 기온이 더 떨어지기 때문에 고양이가 맘에 걸렸다. 고양이는 저녁에 나갔다가 아무리 늦어도 자정 무렵이면 들어오는데 눈이 오는 날은 눈이, 비가 오는 날은 비가 고스란히 등에 묻어 있다. 그리고 어김없이 자기가 들어온다는 소리를 멀리서부터 낸다.

"어디 갔다 왔어!"

내가 고양이의 콧등을 톡톡 치면서 말을 하면 머리를 이리저리 돌리며 저도 좋아한다. 그러고는 빼꼼히 열린 방문 틈으로 코를 넣어 방 안의 따뜻한 공기와 분위기에 섞이고 싶은 열의를 보인다.

"방에 들어오고 싶지? 안 돼!"

그렇잖아도 요즘 들어 몸이 간지러운 기분이 들고 옷소매에 녀석의 털이 박혀 있어서 방에는 들일 수가 없다. 그렇다고 마음까지 없는 것은 아니어서 고양이나 개를 키우는 이들에게 짐승의 털을 어떻게 하는지 물어보기까지 했다.

"털을 무서워하면 어떻게 집에서 함께 살겠어요. 감수해야지요." 물에 들어가면서 옷이 젖지 않기를 바랄 수는 없다. 인과관계가 엄연한 이상 이건 감안해야 하지만 그럴 용기까지는 나지 않는다.

고양이는 날이 추울수록 박스 안에서 나오려 하지 않았다. 그러다 박스 밖으로 나오면 웅크려서 굳어진 몸을 풀기 위해 허리를 굽혔다 폈다 하기를 반복한다. 그런 다음에는 네 발을 땅에 디딘 상태에서 엉덩이를 뒤로 힘껏 빼면 턱이 바닥에 닿을 정도로 수그려지는 동시에 앞발이 쭈-욱 늘어난다. 다음에는 뒷발을 고정시키고는 고개를 하늘로 향하게 하면서 허리를 역으로 휘게 하여 '엎드려뻗쳐' 하는 자세를 만든다. 요가의 동작이 동물의 동작에서 기인한 게 많은 이유를 알겠다. 고양이는 여러 동작도 아니고 단 세 가지만으로도 몸이 풀린 듯하다. 간혹 밖에서는 바닥에 누워서 몸이 시원해질 때까지 구르기를 반복한다. 그럴 때면 '아 사람도 저런 식으로 몸을 풀면 좋겠다' 생각해본다.

과연 고양이는 추위를 얼마나 잘 견딜까? 인터넷에서 찾아본 바로는 고양이가 얼마나 추위를 타는지는 모르겠으나 따뜻한 곳을 좋아하는 것은 분명하다는 의견이 대다수였다. 내가 있는 탑전 건물의 아래층 맨 끝 칸은 심야전기 보일러실이다. 기름보일러만큼은 아니지만 밖의 기온에 비할 바 없이 훈훈하다. 나는 시험 삼아 문을 반쯤 열어두었다. 만약 이곳이 더 마음에 들면 들어가지 않겠는가. 그러자 고양이는 보일러실을 들락거렸다. 이번에는 바닥에 두꺼운 포장용 비닐을 깔고 그 위에 천을 깔아주었다. 비닐은 한 면이 은박지로 되어 있고 약간의 두께가 있어서 쿠션 작용을 했다. 그랬더니 고양이는 방 앞의 박스에는 들어가지 않고 보일러실에서 밤까지 지내기 시작했다.

'됐다!'

내가 좋아한 이유가 있다. 지금은 쓸 필요가 없어서 깊숙이 넣어둔 사무실 의자용 전기매트가 있었다. 이것을 고양이 집에 깔아주면 좋겠다 하면서도 통로에 콘센트가 나와 있지 않아 활용을 못하고 있었다. 그런데 보일러실에는 콘센트가 여기저기 있어서 안성맞춤이었다. 그 매트는 시간과 열선강도가 따로 조절되는 기능이 있다. 한 줄은 1시간-2시간-3시간-8시간 등의 타임조절 버튼, 다른 한 줄은 1단-2단-3단-4단 등의 열선강도 버튼으로 된 것이다. 나는 바닥에 비닐재를 깔고 그 위에 빈 박스를 가져다 펼친 후에 전기매트를 올렸다. 그러고는 헝겊으로 된 매트를 덮어서 열기가 빠져나가지 않으면서도 고양이 몸에 바로 닿지 않도록 했다. 매트 주변은 종이박스와 스티로폼 박스를 둘러 세워서 냉기를 보호하면서도 고양이가 집에 들어 있는 느낌이 들도록 해주었다.

고양이는 정말정말 좋아했다. 박스집에서는 다리를 펴지 못하고 웅크리면서 잤지만 여기에서는 네 다리와 고개, 척추를 펴서 'ㄷ'자 모양으로 늘어지게 자기 시작했다. 나는 그렇게 기쁠 수가 없었다. 고양이보다 보는 내가 더 따뜻하고 행복한 기분이었다.

고양이는 내가 지켜보는지도 모르고 잠을 잤다. 배고프면 아무 때고 사료와 물을 먹었다. 그리고 어느 틈에 화장실을 가는지 모르겠으나 도통 냄새가 나지 않는 걸로 봐서 밖에서 잘 해결하는 것 같았다. 잠자리를 따뜻하게 해주기 시작한 며칠간은 어디 멀리 가지도 않고 내내 잠을 잤다.

'그동안 밀린 잠을 자는 것이겠지. 얼마나 춥고 시달렸으면 저렇게 잠을 잘까.'

"그렇게 좋아?"

고양이도 좋겠지만 내 마음이 우선 흐뭇했다. 고양이뿐만이 아니고 노숙하는 사람들에게도 이런 따뜻한 자리가 주어진다면 똑같이 잠만 자지 않았을까?, 하는 생각도 들었다. 밤

중에 머리를 식힐 경우나 별이 보고 싶으면 밖에서 잠깐 서 있다 들어오면서 고양이를 보려고 보일러실에 들어간다. 고양이가 들고 나기 위해 항상 문을 조금 열어놓기 때문에 열기가 많지는 않지만 그래도 밖에 비할 바가 아니다. 갑자기 전등을 켜면 고양이가 밝은 불빛에 눈을 제대로 뜨지 못하기 때문에 핸드폰의 라이트를 켜서 비춰보면 고양이는 눈을 아주 가늘게 뜨고는 하품을 크게 했다. 하품을 부쩍 자주 하는 것은 편하다는 반증이리라.

어느 날 밤에는 고양이 두 눈에, 특히 한쪽 눈에 눈물이 가득 고여 있어서 놀란 적이 있었다. '병원에 가봐야 하는 건 아닐까?' 어디가 아픈 것인지 걱정이 되기도 하면서, 아니면 고마운 마음의 표현일까 생각하면서 한참을 바라보았다. 고양이가 인간의 감정과 어느 정도 교감이 될지는 알 수 없지만, 그 순간의 고양이 얼굴에 묻어난 표정이 유난히 슬퍼 보였다.

"눈이 왜 그래, 어디 아픈 거야?"

물티슈 2장을 꺼내와 눈물을 닦아주고 다른 날보다 더 오래 목덜미와 다리, 그리고 등까지 쓸어주고는 세면장으로 가서 손을 씻은 후에 오래도록 밤하늘의 별들을 올려보았다. 하늘에는 나뭇가지에 걸린 달과 구름이 가까웠다 멀어지기를 반복했다. 잠시 달은 움직이지 않는데 나무가 움직이는 착각이 일었다.

현명한 사람들로부터 비난을 살 만한

비열한 행동을 결코 해서는 안 된다.

살아 있는 모든 것은 다 행복하라.

평안하라.

안락하라.

눈에 보이는 것이나 보이지 않는 것이나,

멀리 또는 가까이 살고 있는 것이나,

이미 태어난 것이나 앞으로 태어날 것이거나

살아 있는 모든 것은 다 행복하라.

마치 어머니가 목숨을 걸고 외아들을 아끼듯이,

모든 살아 있는 것에 대해서

한량없는 자비심을 내라.

또한 온 세계에 대해서

한량없는 자비를 행하라.

위 아래로, 또는 옆으로 장애와 원한과

적의가 없는 자비를 행하라.

불교 초기경전인 《수타니파타》 중 〈자비경〉에 나오는 일부분
이다. 이것은 부처님께서 세상에 보이신 축복의 말씀이자 생명
에 대한 격려의 말씀이면서 한편으로는 걱정 어린 말씀이기도
하다. 생명이 있는 것들은 모두 아슬아슬한 존재들이다. 그것

에 대한 애틋한 마음은 곧 나를 향한 본능적인 연민이리라.

D스님이 산책길에 차 한 잔하겠다고 탑전에 들렀다. 보일러실을 열어 난방공사를 마친 고양이의 방을 보고 나서는 한마디 했다.

"냥이, 넌 복이 많다!"

가끔은 사랑하는 사람에게 상처를 맡겨도 돼

'인류에게 법학의 불을 가져다준 프로메테우스'란 평가를 받은 유명한 독일의 법학자 루돌프 폰 예링은 '권리를 더 이상 나눌 수 없을 때는 투쟁밖에 없다'라고 했다. 어디 인간사회뿐이겠는가. 동식물에게도 생존에 필요한 공간이 있다. 식물은 자기 스스로 옮겨가지 못하기 때문에 주어진 환경을 견딜 수밖에 없지만, 동물은 자신의 공간을 확보하기 위하여 다툰다. 그리고 인간의 경우는 전쟁이다! '동물의 왕국'을 열심히 본 사람은 동물의 영역에 대해 알 것이다. 자신의 체취를 남김으로써 영역을 표시하고 경계선으로 삼기도 한다. 그리고 수시로 자신의 영역을 순찰하듯 확인함으로써 침입자를 경계한다.

고양이에게 염려스러운 게 바로 그 부분이었다. 겨울에는 다른 고양이를 보지 못했지만 가을까지만 해도 검정 얼룩 고양이 가족도 있었고 가끔 지나는 고양이도 있었다. 이 고양이가 큰절에서 왔고 지금도 자주 다니기 때문에 다른 고양이들이 찾아올 수도 있다. 고양이 식구가 많아져도 문제고 다툼이 일어나면 더 골칫거리다. 적어도 이 고양이만큼은 가능한 시간만큼 돌봐주고 싶기 때문에 다른 고양이로 인하여 그 기대가 깨지는 게 달갑지 않다. 이 바람이 어느 정도 통했는지 이곳까지 낯선 고양이가 나타나지는 않았다.

이 고양이는 자신만의 왕국에서 별 탈 없이 살아가고 있다. 애완동물을 키우는 사람들은 털에 덮여 있는 얼굴로도 표

정과 기분을 읽는 것이 어렵지 않다고들 한다. 실제 고양이를 살펴보니 이 말이 조금도 과장이 아님을 알겠다. 고양이는 표정을 짓고 소리를 내어 자신의 마음을 나타냈다. 밖에 나갔다 들어올 때 멀리서부터 내는 '나 이제 들어가요' 하는 뜻의 소리는 경쾌하기 이를 데 없다. 자기 집에 있을 때는 꼼짝 않고 목소리만 가늘게 하여 응대한다. 주인이 보살펴주는 따뜻한 마음을 느낄 때는 눈을 지긋하게 감고서 그르렁그르렁 하고 유난히 크게 소리를 낸다. 또 주인이 어디 있는지 알고 싶을 때는 큰 소리로 여러 번 소리를 내어 찾는다. 특히 잠자리에 들기 전에는 주인의 손길을 많이 그리워하여 방문 앞에 웅크리고 앉아 놀아주기를 기다린다. 고양이는 귀가 밝아서 눈은 감고 있어도 귀를 쫑긋 세우고 소리가 나는 방향을 향해 돌리면서 경계를 늦추지 않는다. 어쩌면 방 안에서 주인이 내는 소리를 통해 주인이 무엇을 하는지 알고 있어야겠다는 심산인지도 모른다. 그러다 이만 됐다 싶으면 자신의 잠자리에 들어가 긴 잠에 빠진다.

이른 아침의 '굿 모닝'은 반드시 필요하다. 사람이 찾지 않아도 고양이가 먼저 온다. 그렇지만 오래 같이 있지는 않는다. 그냥 한 식구니까, 적어도 아침 인사는 해야 되지 않겠냐는 투다. 아니면 잠이 덜 깬 아이가 엄마 이부자리에 파고들어 잠을 더 자듯, 보다 본능적인 표현인지도 모른다. 아침 잠은 더 이어지고, 늦은 점심 무렵이나 햇살이 대지를 충분히 덥혀 놓았을 시간이 되어서야 서서히 움직인다. 물론 이 시간에 화장실도 가겠지. 가정주부가 오후에 쇼핑도 하고 전화로 여기저기 수다를 떨듯이 고양이에게 오후 시간은 밤 시간보다도 개인적인 느긋한 시간으로 보인다. 고양이도 주인도 각자 일을 보고 분주하니까 서로 믿고 잊어버려도 된다. 설령 밤에 다시 나가서 돌아다닐지라도 저녁 무렵엔 돌아와 허기진 배를 채우고 주인이 뭘 하는지 확인도 해본다.

예전에 〈고양이에 관한 진실〉이라는 내셔널지오그래픽 다큐멘터리를 본 적이 있다. 서양에서 고양이를 키우는 집은 고양이가 들고나는 통로를 현관문 하단에 만들어둔다. 고양이는 자신이 나가고 싶으면 언제든 밖에 자유롭게 나다닐 수 있다. 밤에는 꽤 먼 거리까지 가기도 한다. 영국에서 행해진 실험으로, 고양이의 이동 거리에 관한 연구를 하기 위해 고양이 목에 GPS를 부착해보았다. 그랬더니 어떤 고양이는 밤에 8.5킬로미터까지 다녀오기도 했다. 이 고양이는 도시의 아파트에서 평생을 보내는 고양이에 비하면 자신이 얼마나 자유롭고 호사롭게 살고 있는지 모를 것이다. 이 요람의 행복을 놓칠 바보가 어디 있겠는가.

드디어 고양이가 시험에 드는 일이 일어났다. 일기예보에도 없던 눈발이 잔뜩 흐린 허공에서 산발적으로 흩어져 날리는 새벽이었다. 자정 넘어 2시 정도까지 원고 하나를 쓰다가 잠이 들었는데 5시 무렵에 눈이 떠졌다. 화장실을 다녀오고 싶어 밖에 나갔더니 눈발이 날리면서 기온은 더욱 떨어져 있었다. 잠결이었지만 새벽공기가 시원해서 눈도 구경할 겸 잠깐 서 있었다. 그런데 건물 외벽의 모퉁이에 언뜻 고양이가 보였다. 자세히 보니 검은 털의 고양이었다. '웬 녀석이지?' 문득 올 일이 왔다는 불안감이 엄습해왔다. 그 순간 번개같이 냥이가 통로에서 튀어나오면서 침입 고양이를 향해 몸을 던졌다. 고양이 두 마리의 괴성이 새벽 산사에 울려 퍼졌다.

"야, 그러지 마!"

나는 소리를 질러보았지만 두 마리가 어둠 속에서 뒤엉켜 나뒹굴었다. 이게 뭔 일인가 싶었다. 잠시 뒤엉켜서 뒹굴던 두 마리 고양이는 세면장 건물과 담벼락 사이로 쏜살같이 달려갔다. 침입자 고양이가 앞에서 도망가고 냥이가 뒤를 쫓았다. 숲속으로 사라진 고양이 두 마리와 함께 싸우던 소리도 사라지면서 일순 정적이 일었다. '어떻게 된 걸까?' 잠깐 생각하는 사이 냥이가 내 쪽으로 걸어왔다. 아직도 가쁜 숨이 멈춰지지 않아 풍선껌을 불듯이 배가 부풀었다 줄었다 거칠게 반복했다. 어디 다치지나 않았는지 눈어림으로 살펴봤다. 딱히 긁힌 자국은 보이지 않았다. 다행이었다.

"그렇게 분해? 괜찮아, 도망갔잖아."

나는 자신의 영역을 지킨 냥이가 대견스럽기도 하고, 처음 본 결기 어린 모습이 맘에 들었다. 냥이는 분이 풀리지 않는지 귀를 쫑긋 세우고는 어두운 숲을 오래도록 예리하게 응시했다. 그만 들어가자고 달래보았지만 어슬렁거리며 들어오려 하지 않았다.

싸움에서 승패가 갈리는 건 어쩔 수 없다. 이 고양이가 숲속의 왕은 아닐지라도 어디 가서 심하게 다쳐 오리라고는 생각하지 않았다. 언젠가 자정이 가까운 시간의 일이다. 평소와 다름없이 야옹야옹 하면서 들어와 오독오독 사료를 입에 넣는 소리가 나더니 방 앞에서 나를 찾았다.

"어디 갔다 온 거야?"

반가운 마음에 보던 책에 책갈피를 꽂아 넣고는 방문을 열었다. 그런데 한쪽 귓등에 핏방울이 맺혀 있는 것이 눈에 들어왔다. 고양이 몸을 잡고는 귀를 살펴보았다. 어디서 긁힌 것이 아니라 귀의 안쪽까지 안팎으로 핏자국이 선명했다. 속이 상했다. 그러나 다른 고양이와 싸우다 물렸다면 귀가 찢기지 않은 것을 오히려 다행스럽게 여겨야 했다. 물티슈로 고양이의 귀를 조심스레 닦아주면서 영문 모를 상처를 안고 온 고양이의 마음을 오래도록 달래주었다.

다음 날, 산행을 다녀와 씻고 나니 D스님이 부탁한 연고를 들고 왔다. 사람 상처에 바르는 것이라도 발라보자는 생각이었다. 차를 대접하고 보내드린 다음에 고양이를 찾았더니 자리에 없었다. 고양이는 저녁 무렵엔 반드시 들어와서 배를 채운 다음에 다시 나가든지 하기 때문에 조금만 기다리면 저녁공양 시간 전에는 볼 수 있다. 과연 저녁 무렵 멀리서부터 야옹야옹 하면서 들어왔다. 나는 연고를 들고 바로 나갔다. 고양이는 언제나 그렇듯 사료부터 먹었다. 몇 입 먹기를 마친 고양이를 잡고는 가만있으라고 안심시킨 후에 귓등과 속을 닦아내고서는 연고를 고르게 발라주었다. 자신을 치료한다는 것을 알기라도 하는지 고양이는 움직이지 않고 몸을 맡겼다. 그렇게해서 연고는 잠들기 전에 한 번 더, 그리고 다음 날도 아침저녁으로 발랐더니 까맣게 앉았던 딱지도 며칠이 지나서는 감쪽같이 사라졌다.

고양이는 항상 방에 들어오고 싶어 안달을 하지만 털 때문에 용납하지 않았다. 하지만 귀를 다치고 온 날 안쓰러워서 방 안 입구에 자리를 깔아주고는 그곳에만 있으라고 했다. 따뜻한 방바닥이 좋은지 바로 잠에 빠져드는 것을 본 다음부터는 밤에 한 번씩 들어와서 그 자리에 누워 있는 것을 허락하기에 이르렀다. 내가 고양이에 대한 글을 쓰는 것은 밤 시간이기 때문에 자기 얘기를 쓰는 공덕이다 싶어서 봐주기로 한 것이다. 고양이는 내가 정해준 자리를 벗어나지 않고 조용하고 행복하게 글쓰기를 구경하는 '인문학적 냥이'로 거듭 태어나는 듯했다.

고양이는 잘 먹고 잘 자서 그런지 처음 왔을 때와 비할 수 없이 털에 윤기가 흐르고 몸도 제법 불었다. 모든 종교의 황금률은 '네가 원치 않는 일을 다른 사람에게 강요하지 말라'는 것이다. 남의 입장을 헤아릴 수만 있다면 우린 좀 더 지혜롭고 온화하고 평화롭게, 스스로의 삶도 가꾸면서 타인의 행복에도 기여하는 삶이 가능하다. 그게 사람이건 동물이건, 사랑을 베풀자는 말씀!

무슨 일이든 소중하게 생각하면 작은 행동부터 달라진다

사물을 알아보면 언어는 부르지 않아도 따라온다.

이것은 제정로마 시기의 풍자시인으로 불리는 호라티우스의 말이다. 그는 카이사르가 암살되자 공화제를 옹호하는 브루투스 편에서 내전에 참여하기도 했고, 부친의 재산이 몰수되어 생활이 궁핍하게 되자 시를 쓰기 시작했다. 그는 점차 명성을 얻어 아우구스투스 황제의 총애를 받았으며 서구 문학의 끊임없는 탐구, 모방과 도전의 대상이 되었다.

몽테뉴의 《수상록》에 호라티우스의 시구가 많이 인용되어 관심이 있었다. 나는 호라티우스의 《소박함의 지혜》가 좋았다. 사물을 알아본다는 말은 그 근원을 이해한다는 말과 같다. 사물은 각각 고유의 성질을 갖는다. 그 성질을 깨닫거나 이해한다는 것은 간단한 일이 아니다. 안목이 생기면 그 본성이 움직이는 바에 따라 순응하기 때문에 언어문자로의 표현이 어렵지 않다. 단지 어떻게 하면 앎이 지극해질 수 있느냐가 논의의 핵심이 된다. 사물과의 교감, 사물의 마음을 안다는 것이 가능한 일일까.

고양이와 지내면서 이에 대한 궁금증이 가시지 않았다. 단순히 고양이를 돌봐주는 정도에서 그치지 않고 고양이의 본성을 이해하는 측면에서 관찰을 해보려는 거였다. 그러다 보니 전부터 알고 있던 동물에 대한 이야기들이 하나 둘 기억 속에서 되살아나며 보다 많은 호기심이 일어났다. 예를 들면 불교 경전에 나오는 동물에 대한 이야기부터 각종 어록이나 스님들의 기록 속에 존재하는 이야기를 찾아보니 의외로 아주 많은 이야기가 있었다.

종교를 이해하려면 그 종교의 계율이나 율법을 눈여겨볼 줄 알아야 한다. 사람에게는 윤리라는 덕목이 있어서 어떻게 살아가야 하는지에 대한 올바른 가르침을 배우게 된다. 마찬가지로 종교윤리도 인간 행동에 대한 가르침을 담고 있기 때문에 그 종교가 이해하고 주장하는 세상의 윤리가 있다. 세상의 종교와 철학 사상이 결국은 윤리라는 바다로 귀결된다.

불교의 제1계목이 '불살생'이다. 이 세상 존재하는 모든 생명에 대한 사랑과 자비의 마음이 불교 공부의 첫 걸음이다. 유일신을 믿는 종교에서는 당연히 제1계목이 '나 이외의 신을 믿지 말라'라는 것이 될 수밖에 없다. 그들은 자신이 믿는 신을 믿으라는 신앙이 가장 중요하다. 불교는 깨달음을 최상의 덕목으로 간주한다. 그 깨달음이 모든 자비행과 지혜로운 삶을 가능하게 한다. 불교 경전에서는 동물을 비유로 하여 많은 설법이 이뤄지고 있다.

《치문숭행록》이라는 책이 있다. 치문은 스님들이 옷에 먹물을 들여서 입기 때문에 출가하여 불문(佛門)에 든 사람이 읽어야 할 책이라는 뜻으로 만들어졌다. 부처님 당시부터 시작하여 중국 명대에 이르기까지의 출가사문으로서 고준한 덕행을 남긴 분들의 행적을 모은 것이다. 명말 항주 운서사에 머무시던 주굉 스님이 편찬하였다. 구성은 전체 10개의 부분으로 되어 있고 그 안에 총 136개의 이야기가 실려 있다. 그중에 '중생에게 자비를 베푸는 행'에는 '고통을 참으며 거위를 보호하다'라는 내용이 실려 있다.

부처님 당시에 어떤 비구 스님이 구슬을 세공하는 기술자의 집 문전에서 걸식을 하게 되었다. 그때 기술자는 왕에게 바칠 구슬에 구멍을 뚫어 장식을 하고 있었다. 비구에게 공양 드릴 음식을 가지러 간 사이 우연히 구슬이 땅에 떨어졌는데 마침 거위가 그걸 삼켜버렸다. 기술자가 돌아와 비구에게 음식을 공양하고 난 뒤 구슬이 보이질 않자 비구가 훔쳤으리라 의심하였다. 비구는 거위의 생명을 보호하느라 아무 말도 하지 않았다. 화가 난 기술자가 비구를 매질했다. 바닥에 떨어진 핏방울을 거위가 와서 핥자 기술자는 노여움에 거위까지 때려 죽여버렸다. 그러자 비구가 자기도 모르게 슬프게 울며 눈물을 흘렸는데 이를 본 기술자가 괴이하게 여겼다. 이에 비구가 그 까닭을 말해주자 기술자는 감동하여 참회의 절을 올렸다.

누명을 쓰고 심한 모욕과 매질을 당하면서도 거위를 살리기 위해 인욕행을 실천한 비구의 이야기다. 우리가 동물이나 식물의 마음을 알기는 어렵지만 그래도 상상을 통해 서로의 감정을 이해하고 공유하는 것은 가능하다. 그 상상이란 나의 마음에 비추어 상대의 마음을 헤아리는 역지사지(易地思之)의 원리다. 처지를 바꾸어 생각한다는 것은 남의 입장에서 헤아려 본다는 의미다. 내가 아픈 것은 상대도 아프고, 내가 싫은 것은 상대도 싫다. 행동에는 품위가 있어야 하듯이 생각에는 상식이 있어야 한다. 이 상식이 자연만물의 마음이다. 상식에 맞춰 보면 올바른 판단이 선다.

세상에는 '누군가 해야 할 일이라면 내가 해야지' 하는 사람과 '누군가 해야 하니까 누군가 하겠지' 하는 두 부류가 있다. 선택은 각자의 몫이다. 악인의 경우는 상대를 곤란하게 하고 남에게 피해를 입히면서 자신의 이익을 도모하려는 습성이 있다. 사람의 마음에 있는 모략은 깊은 물과 같다. 그 음모의 깊이를 알 수가 없다. 그럴지라도 명철한 사람은 모략의 우물에서 삶의 진실을 길어낸다. 상대에 따라가지 말고 자신의 바른 의지를 펼쳐 보여야 한다. '친구에게 배신당하는 것보다 친구를 믿지 않는 것이 더 부끄러운 일이다'라는 말이 있다. 바른 판단과 고운 심성으로 세상을 살아가고 만물을 대하는 것이다. 바로 내 곁에서부터 시작해야 한다. 다음은 오래전에 내가 알고 있는 미얀마 스님으로부터 들은 이야기다. 스님이 살던 사원에 내려오는 이야기라고 했다.

원숭이 한 마리가 사원에 살고 있었다. 한 스님이 원숭이에게 먹이를 주면서 머리를 한 대씩 때렸다. 원숭이는 시간이 갈수록 기분이 좋지 않았다. 그래서 사원 한쪽의 불상에 대고 기도를 했다.

"부처님, 저 스님을 다른 곳으로 보내주세요."

기도가 통했는지 어느 날 그 스님이 다른 곳으로 갔다. 원숭이는 기분이 좋았다. 그리고 다른 스님이 왔다. 이번에 온 스님도 원숭이에게 먹을 것을 줬다. 이 스님은 원숭이 머리를 두 대씩 때렸다. 원숭이는 기분이 몹시 나빴다. 오래지 않아 다시 부처님께 기도를 올렸다.

"부처님, 저 스님도 바꿔주세요."

기도는 이번에도 통했다. 그 스님이 가고 다시 한 스님이 왔다. 그런데 이 스님은 원숭이를 세 대씩 때렸다. 원숭이는 몹시 아프고 괴로웠다. 그런데 원숭이는 부처님을 찾아가지 않았다. 부처님께서 원숭이 앞에 나타나셔서 물었다.

"얘야, 왜 스님을 바꿔달라고 기도를 하지 않느냐?"

"부처님, 저는 그냥 세 대씩 맞고 살기로 했어요. 만약 또 바꿨다가는 저를 죽일지도 몰라요."

원숭이가 괴로워하며 눈물을 흘렸다. 부처님은 말없이 웃으면서 원숭이의 머리를 쓰다듬어주셨다.

원숭이는 위로가 되었을까? 기분 좋은 식사를 하지 못하고 매번 얻어맞으면서 먹을 것을 얻어야 하는 원숭이의 이야기가 말하고 싶은 것은 무엇인가. 일찍 깨닫지 못하고 기회를 놓쳤다면 기꺼이 상황을 감수하면서 반전을 도모하는 것이 효과적이라는 뜻이다. 일마다 쉬운 길을 찾기 시작하면 점점 악순환에 빠지게 된다. 몽테뉴는 '가장 아름다운 인생은 터무니없는 기적 없이 보통 인간의 본보기로 질서 있게 처신하는 것이다'라고 했다.

기적은 자신이 적극적으로 살아가는 하루하루에서 일어난다. 다만 스스로 알아차리지 못하고 놓쳐버릴 뿐이다. 거위를 살리기 위해 모욕을 당하는 일을 마다하지 않은 한 스님의 행동은 자신이 당한 매질보다 거위가 생명을 잃게 되는 일이 더욱 크게 다가왔기 때문에 가능했다. 무슨 일이든 더 크게 더 소중하게 생각한다면 우리의 행동은 많이 달라질 수 있다.

선종에 '암원향반(庵園香飯)'이라는 말이 있다. 천상세계의 향적세계에서 받아오는 밥이라는 말로, '암자의 청정한 밥'이라는 의미다. 고양이가 아직도 물리거나 맛없어 하는 기색 없이 사료를 잘 먹고 또 잘 자는 것을 보면 덩달아 기분이 좋아진다. 바람이라면 큰 모래알갱이 같은 사료일지라도 고양이에게는 '탑전향반'이 되었으면 하는 것이다.

세상에는

'누군가 해야 할 일이라면

내가 해야지' 하는 사람과

'누군가 해야 하니까

누군가 하겠지' 하는

두 부류가 있다.

안심해,
잠시 숨은 척하는 거야

옛 스님들의 행적을 보면 깊은 산중에서 평생을 가난한 수행승으로 살다 간 이야기가 많이 전해진다. 이야기의 행태도 여러 가지다. 축생들을 돌봐주거나 법문을 하는 경우도 있고 축생들이 은혜에 보답하는 이야기도 있다.《치문숭행록》에는 다음과 같은 기록이 실려 있다.

진(晉)의 법랑 스님(507~581)은 서주 패현 사람으로 대명사라는 절에서 선을 배우고 율과 논에도 정통하였다. 명예가 지방 일대에 진동하자 법을 들으려는 사람들이 구름처럼 모여들었다. 신도들에게 받은 시주물은 경전을 간행하거나 불상을 조성하고 탑과 사원을 세우는 데 사용하기도 하고 가난한 사람들에게 베풀기도 하였다. 붙잡힌 짐승을 보면 즉시 사들고 돌아와 길렀는데, 거위, 오리, 닭, 개 등이 우리 안에 가득했다. 이들은 스님이 잠을 자거나 쉬는 것을 보면 모두가 조용히 소리를 내지 않았고, 스님이 돌아다닐 때는 모조리 일어나 울고 짖었다. 그 소리가 북치고 피리 부는 소리보다 시끄러웠으니 과연 마음이 통하는 경계라 하겠다.

내가 출가하여 지내던 1980년대 초반만 해도 주변의 면 소재지에 장이 섰다. 시골 장터의 5일장에서는 농기구나 생필품 외에도 가축을 사고파는 일과 직접 키운 작물이 거래된다. 후원살림을 하는 원주스님은 달력에 근처의 장날을 기록해놓고 대중살림을 꾸려나갔다. 우리는 그 날짜를 알지 못하지만

어쩌다 밖에 다녀오는 길에 장날이라도 만나면 이것저것 구경하고 풀빵도 사먹으며 구경했다. 겨울철에는 가끔 토끼나 꿩, 비둘기들이 산 채로 잡혀와서 팔리기를 기다리는 경우가 있다. 그러면 우리는 돈이 있는 만큼 산짐승들을 사서 풀어주곤 했다. 그 당시 강원에서 매월 받는 보시가 5천 원이었다. 여타 생기는 공양금을 감안하더라도 두어 마리밖에 사지 못했지만 가능한 대로 방생을 해주었다.

사람의 은혜를 입은 짐승들이 그에 대한 보답을 하는 이야기들도 많다. 다음의 이야기는 《산암잡록》에 실려 있다. 이 책은 명나라 초기 무온서중 스님(1309~1386)이 원대 불교를 이야기 식으로 정리한 전적이다. 스님은 자신이 살았던 시기, 즉 원이 남송을 침략하던 때부터 몽골 지배 아래 완전히 들어갔던 때를 거쳐 몽골제국이 무너지던 혼란기 불교계의 상황을 생생하게 그리고 있다. 이 책에 실린 '쥐들의 보답'이라는 내용이다.

은성 관강소에 두 스님이 함께 살았다. 한 스님이 쥐가 설치는 것이 괴로워 크고 작은 두 개의 막대기를 가지고서 쥐덫을 마련하여 비치는 거울을 장치해두었다. 쥐가 이를 건드리다가 덫에 걸리자 그 스님이 급히 뛰어나가 물을 가져다가 쥐를 빠트려 죽이려고 했다. 같이 있던 스님이 차마 볼 수가 없어 막대기를 들어올려 쥐를 놓아주었다. 이튿날 쥐덫을 놓았던 스님이 출타하여 함께 있던 스님 혼자서 잠을 자게 되었다. 보통 때와는 달리 쥐떼들이 시끄럽게 굴었다. 이에 그 스님은 짜증을 내며 투덜거렸다.

"내가 어제 저녁에 너희를 놓아주었는데도 너희는 도리어 시끄럽게 구는구나."

그러고는 아침 일찍 일어나 보니 그의 자리 옆에 파란색 끈 하나가 놓여 있어 의아하게 생각했다. 며칠 후 그 스님은 파란색 끈으로 허리를 묶고 나갔다. 마침 옆방에 있는 스님이 그것을 가리키며 "이것은 내 것이다, 침실에서 잃어버렸는데 어떻게 그대가 가지고 있는가"라고 물었다. 그 스님은 허리띠를 얻게 된 경위를 말했다. 그제서야 비로소 그날 저녁에 쥐들이 떼를 지어 옆방 스님의 끈을 훔쳐 보답하려고 시끄럽게 굴었다는 것을 알게 되었다.

우리는 어떤 삶을 살고 있는가. 하찮은 짐승일지라도 목숨을 보호하거나 죽을 처지에 놓인 가축을 거둬 방생하는 일체의 행위가 자비심으로 하는 일이다. 일체가 행복하기를 바라고 모든 생명이 다치지 않고 살아가기를 축복하시는 부처님의 말씀은 '불살생'이라는 제1계목이 되었다. 동물은 고유한 특성이 있어서 그들을 사랑으로 대하면 그들이 가진 특성을 깨닫게 된다. 고양이와 지내면서 알게 된 흥미로운 사실 중의 하나는 '숨바꼭질'에 대한 것이다. 내가 고양이와 놀아주는 시간은 저녁공양을 마친 후의 석양 무렵이다. 사람에 따라 다르겠지만 나는 늦은 오후의 산그늘을 바라보는 것이 좋다. '시간도 삶도 저렇게 지는 것이다' 생각을 하면 그 어떤 것도 참아낼 수 있고 받아들일 용기도 생긴다. 본래 없던 것이니까!

탑전에서는 큰스님 사리탑 주변을 돌면서 계절에 따라 피고 지는 이런저런 꽃들을 살펴보거나 숲을 바라보면서 느긋하게 보내는 시간이 많아지고 있다. 그럴 때면 어떻게 알았는지 고양이가 나타나 사리탑 위로 올라가서는 반듯한 면에 눕거나 계단의 모서리에 몸을 숨기는 등 이리저리 뛰어다니며 자신을 찾아보라는 장난을 한다. 필시 고양이과 동물의 사냥 본능이리라. 다른 동물을 습격하기 위해 몸을 숨기는 것이다. 내가 "냥이 어딨지?" 하면서 저를 못 찾는 것처럼 옆을 지나치면 꼼짝 않고 고개를 파묻고 있는 모습이 여간 우습지가 않다. 그러다 내가 뒤로 돌아 "이 녀석!" 하면서 움켜쥐려 하면 고양이는 신이 나서 쏜살같이 달려 주위의 나무를 오르는 묘기를 보인다. 하루 종일 누구 하나 저를 상대해주는 고양이며 사람이 없으니 나라도 놀아주지 않으면 같이 사는 보람이 없지 않겠는가. 그래서 같이 시능을 해주는 것이다. 어쩌면 고양이는 동물 중에서 사람과 숨바꼭질을 할 수 있는 유일한 동물이 아닐지. 굳이 인간의 언어가 아니라도 이들은 얼마든지 인간과 교감하며 마음을 주고받을 수 있음을 알게 된다.

인생을 향해 미소 지으면

미소의 반은 자신의 얼굴에 나타나고

나머지 반은 타인의 얼굴에 나타난다.

티베트에 전해오는 이 말이 무엇을 의미하겠는가. 행복한 사람은 미소 짓고 웃는다. 가득차면 넘치는 것은 자연의 이치다. 마음에서 넘치면 밖으로 터져 나온다. 마음에서 우러나오는 미소는 거울처럼 상대를 통해 인식되며, 타인의 행복은 나의 미소에 대한 따뜻한 보상이다. 이 오고 감을 안다면 우리는 보다 지혜롭게 모든 생명을 대하고 더불어 행복하게 살아가는 마음을 깨닫게 될 것이다.

웃는 사람은 산다

사나운 바람과 거친 비에는 새들도 근심하고
갠 날씨와 밝은 바람에는 초목도 기뻐하나니,
볼지어다, 천지에는 하루도 온화한 기운이 없어서
는 안 되고,
사람 마음에는 하루라도 기쁜 마음이 없어서는 안
된다는 것을!

위의 글은 《채근담》에 실려 있다. 이 전적은 중국 명나라 말기에 문인 홍자성이 유교, 도교, 불교의 사상을 망라하여 사람들에게 교훈적인 내용을 모은 것이다. 명대에는 유불선 삼교가 융합되는 특질을 갖는다. 이 시기가 서양에서는 종교개혁이 이뤄지는 과정이었고, 이어서 계몽주의가 발현하여 인간 교육과 개인의 권리에 바탕을 둔 사회제도에 대한 진지한 모색이 이뤄지던 때였다. 제목이 '채근'이 된 이유는 나무 잎사귀나 뿌리라 해도 꼭꼭 씹어 먹으면 그 속에서 단맛을 찾게 되는 것처럼, 절제되고 검소한 속에서 삶의 지혜를 터득하라는 의미에서다. 속세와 더불어 살되 비루함과 천박함에 떨어지지 않는다는 정신이다.

바람이 사납게 불고 비까지 세차게 퍼붓는다면 이는 새들의 근심이다. 척(戚)은 근심스럽다, 슬프다 등의 뜻이다. 반대로 초목의 기쁨은 시원한 바람, 화창한 날씨다. 흔(欣)은 기쁘다, 마음이 적극적으로 내킨다는 뜻이다. 《선문염송》에 '둥지에서 사는 것은 바람을 알고(巢居者知風), 굴에서 사는 것은 비를 안다(穴居者知雨)'라는 말이 있다. 이 또한 만물의 속성에 관한 법문이다. 새는 나뭇가지에 둥지를 틀기 때문에 본능적으로 바람의 방향을 살핀다. 둥지의 방향도 바람이 세찬 북쪽을 향하지 않고 햇살이 드는 남쪽을 향하도록 한다. 겨우내 산행을 거르지 않고 다녀보니 겨울산의 진면목을 새삼 깨닫게 되었다. '골짜기가 산을 가장 잘 나타낸다'는 말이 있다. 산은 높고 큰 것으로 말하기 마련인데 골짜기가 산의 모양과 형태를 잡아주고 결정한다.

　겨울산은 숲의 잎이 지고 난 후라서 능선이 또렷이 드러나고 굴곡을 여실하게 보여준다. 옛 암자터에서 한참씩 이리저리 둘러보며 놀다 지나가곤 하는데 암자의 풍수는 겨울산에서봐야 제대로 읽을 수 있는 것 같다. 능선을 탈 때나 빈 암자터에 서 있으면 골짜기를 타고 오르는 바람이 실로 대단했다. 새가 반드시 바람을 살펴야 하는 까닭이 여기에 있다. 마찬가지로 땅을 파서 굴을 만들어 살아가는 동물은 물이나 습기가 들지 않은 곳을 찾아야 한다. 그래서 새는 바람을 알고 굴에서 사는 것은 비를 안다는 말이 나왔다.

　중국 속담에 '찬밥과 차가운 차는 견딜 수 있지만, 차가운 말은 견디기 어렵다'라는 말이 있다. 냉소적이고 적의에 찬

말, 또는 상대를 꾐에 빠지게 하는 언행은 상대로 하여금 원한을 초래한다. 상대의 마음을 얻고 움직이려면 우선 온화함을 잃지 말아야 한다. 사람은 기쁜 마음이 없으면 살아가기 어렵다. 마음에 넘쳐나면 얼굴에 나타나는 법이다. 인간의 모든 감정은 일단 마음에 쌓인 후에 터지듯이 외부로 나타나기 때문에 감정을 조절하기가 쉽지 않다. 웃음이라고 하여 모두가 좋아하는 것은 아니다. 웃음을 쾌락과 동일시할 때는 꼭 긍정적인 시각으로만 받아들여지지 않을 수도 있다.

움베르트 에코의 소설 《장미의 이름》은 웃음을 죄악시한 노 수도사의 살인사건을 다루고 있다. 수도사들이 연이어 시체로 발견되는 사건이었는데, 결국은 늙은 수도사 한사람이 범인으로 밝혀진다. 시체는 한결같이 혀가 검게 변해 있었다. 노 수도사는 아리스토텔레스의 저작 《시학 2편》 책장에 독극물을 묻혀 놓았고, 수도사들이 책장을 넘기느라 손가락에 침을 바를 때 입에 독이 들어가도록 하여 살인을 저지른 것이다. 희극을 다룬 《시학 2편》은 수도원에서 금서였다.(이 책은 존재했던 것으로 인정은 받지만 실존하지는 않는다.) 노 수도사는 왜 젊은 수도사들이 웃음에 관한 책을 읽지 못하도록 했을까. 노 수도사는 그 이유를 이렇게 말한다. "웃음은 두려움을 없애고 두려움이 없다면 사람들은 신을 믿지 않게 된다." 종교적으로 너무 터부시하는 것이 많아지면 웃음까지도 죄악시 된다는 교훈, 이는 무엇을 말하는 것일까. 과연 인간은 어느 정도까지 쾌락을 누려도 되는지 그 기준선을 정하기가 난감하다.

최근 뜻밖의 책 한 권을 배달받았다. 보낸 이는 복지재단의 한 직원이었다. 지금은 달리 필요한 것이 없다. 책 보고 글 쓰고 일주일에 두 번 온천 다녀오는 일 외엔 모든 것이 예외적인 일이다. 사람이란 게 내가 찾지 않으니 남도 망각하는 거라서 칩거가 길어질수록 전화도 뜸하고 우편물을 받는 것도 드문 일이 되어가고 있다. 우편물이 오면 종무소 직원이 문자로 알려줘서 찾아온다. 책은 《다치바다 다카시의 서재》였다. 일전에 그의 다른 책을 읽은 적이 있다. 이 사람은 '고양이 빌딩 서재'에 20여만 권을 가지고 있다고 한다. 그의 독서편람 같은 이 책은 사진 화보도 많이 들어 있어 600페이지라 해도 단숨에 읽혔다. 그의 많은 책 얘기 중에 콜린 윌슨의 《아웃사이더》와 프랑수와 라블레의 '텔렘 수도원'에 대한 이야기가 인상적이었다.

토마스 모어가 제창한 유토피아가 엄격한 법질서를 바탕으로 다스려지는 사회라면, 라블레의 유토피아는 어떤 규칙이나 제재가 없는 구성원 각자의 자유의지로 유지되는 사회라는 차이가 있다. "네가 원하는 대로 하라!" 이것이 라블레가 《가르강튀아 팡타그뤼엘》에서 제시한 텔렘 수도원의 규칙이자 표어였다.

이 수도원은 혈통 좋은 가문의 자제들을 모아 어떤 구속이나 강제 없이 개인이 하고 싶은 대로 하면 되는 곳이다.

라블레가 주목했던 것은 민중들의 광장성이다. 대중은 광장에 모여 광장만의 시끌벅적하고 외설스러우면서도 꾸밈이 없는 축제를 통해 건강한 삶을 분출한다. 여기에는 해학과 웃음이 있다. 라블레는 궁극적으로 민중을 웃음으로 끌어냄으로써 삶을 고뇌로부터 해방시키고자 하였다. 중세 유럽에서는 이런 축제와 광장의 놀이가 풍부하게 있었고, 학자들은 이런 민중 저변의 힘이 르네상스를 촉발한 것으로 파악한다. 광장의 축제와 놀이를 통해 축적된 민중의 저력은 르네상스 시기에 이르러 '웃음은 인간의 제2의 본성'이라는 정의를 이끌어냈다. 일 년에 한 번쯤이라도 자신을 소진할 수 있도록 해줄 필요가 있다는 것이 축제적인 유흥에 대한 옹호론이었다. 그러면서 비유로 든 것이 포도주 통이다. 때때로 구멍을 열고 바람을 쏘여주지 않으면 통이 터져버리고 만다는 것이다.

포도주가 상하지 않도록 바람을 쏘여줄 필요가 있다. 사람도 특정한 기간에 자신에게 어리석음과 우스꽝스러움을 허락하여 심리적인 통로를 열어줌으로써 다시 생업으로 건강하게 돌아올 수 있도록 한다는 장치다. 15세기에 이르러 인간의 웃음과 놀이는 본성적인 것으로 이해되어 인간사회에 깊숙이 들어올 수 있었다. 인간은 즐거우면 웃고 행복을 희구한다. 이는 저급한 심리적 충족이 아니라 살아 있는 생명체가 당연히 누려야 할 본성의 영역으로 받아들여야 한다.

우리는 왜 즐거움을 찾고 행복을 꿈꾸는 것일까? 웃음은 행복감이 들면 자연스럽게 표정으로 드러난다. 웃음은 폭약처럼 터진다. 이 즐거움이 다른 생명체에겐 없을까? 강아지나 고양이는 물론이고 다른 동물들도 서로 어울려 장난치면서 성장해간다. 당연히 그들의 기쁨도 있을 것이다. 노르웨이에는 '웃는 사람은 산다'라는 속담이 있다. 웃는 사람은 스스로가 행복하다고 느끼며 남에게 사랑받을 확률이 그렇지 않은 사람보다 높다고 한다.

성격 좋은 고양이가 드물게 있다고 하듯이, 본능적이든 습성에 의한 것이든 각자 살아가는 법이 있지 않을까.

기억하라!

사람 마음에는

하루라도 기쁜 마음이

없어서는

안 된다는 것을!

냥이 Talk

집

처음 냥이에게 내가 해줄 수 있는 일이라곤 사료와 물을 주고 박스로 집을 만들어주는 것이었다. 사료를 넉넉히 준 탓에 살이 통통하게 오르자 큰절 스님들이 '돼지'라고 놀린다는 말을 들었다. 기분이 좋지 않았다. 다행히 시간이 지나면서 냥이 스스로 먹는 양을 조절했다.

지난봄 미국에 보름 정도 다녀왔다. 내가 없거나 지켜봐주지 않으면 사료를 잘 먹지 않기 때문에 걱정이 많았다. 심지어 미국에서 냥이 꿈을 꾸기도 했다. 물론 냥이를 돌봐달라고 부탁을 해놓기는 했지만 돌아오니 그동안 털을 빗겨주지 않아 꾸질꾸질 했고 허리가 훌쭉할 만큼 살이 빠져 있었다.

냥이 집은 빈 박스를 손질하여 헌 타월을 깔아 냥이가 자주 가는 건물 처마 밑 귀퉁이에 놓으면 된다. 이렇게 군데군데 만들어놓다

보니 지금은 여섯 군데에 집이 만들어졌다. 자기 집이 있으면 사람도 큰소리치는데 하물며 여섯 채라니, 이 정도면 집부자라고 할 수 있지 않겠는가.

고양이는 도형에 관심이 많은 동물이다. 선반이나 모서리, 사물의 직선 면을 보면 호기심이 발동한다. 탑전 창고에는 공구나 살림 잡동사니 외에도 과일상자 같은 빈 박스가 층층이 쌓여 있다. 냥이는 이 공간을 좋아해 박스의 틈이나 빈 박스 속에 들어가 있기를 좋아한다. 요즘은 아예 아침에 창고 문을 열어두면 들어가서 좀처럼 나오지 않는다. 질리도록 자는 눈치다.

사람이건 동물이건 자기만의 공간에서는 누구나 안락하고 행복한 법이니까.

사이(間)

가을로 접어들자 냥이는 '말'이 많이 없어진 느낌이다. 혼자 보내는 시간이 부쩍 많아졌다. 바위 위나 탑전 입구 댓돌에 하염없이 앉아 있다. 지난봄 몰려다니던 새끼고양이 무리가 이제 어른 팔뚝만 하게 커져서 탑전에 들락거리니 마음이 심란해진 탓일까. 만물은 같은 성질이면 잘 어우러진다. 이왕이면 동류, 동갑끼리가 교감도 잘되고 즐겁다.

　　또래가 없는 냥이가 밤이건 낮이건 혼자서 우두커니 있으면 괜스레 내 마음이 스산해진다. 고양이도 고양이와 있는 것이 좋겠지. 나는 고양이 끼리 함께 있는 즐거움을 알 길이 없다. 냥이가 나를 의지하고 밥을 먹고 잠을 자고 이곳을 자신의 집으로 삼아 살아가고 있지만, 그 이상 내가 해줄 수 있는 일은 없다. 어쩔 수 없는 고양이와 나의 거리다. 어느 새벽에는 담장 위에 앉아 어두운 숲속을 한참이나 바라보고 있었다.

'누구를 기다리는 것일까?'

'무슨 생각을 하는 것일까?'

작은 일은 말로 할 수 있어도 큰일은 함께 하기 어렵다. 작은 아픔은 위로 받을 수 있지만 큰 아픔은 홀로 안고 가야 한다. 고독도 그렇다. 작은 고독은 수다스러울 수 있지만 큰 고독은 바위 같다. 나는 고양이일지라도 고독만큼은 고양이 자신의 몫으로 남겨두려 한다.

이 가을, 냥이와 나는 더더욱 말없이 지내는 중이다.

냥이의 고독한 시간, 냥이의 가을을 응원한다.

이별

처서에 바뀌기 시작한 바람의 기운이 백로를 지나면서 한층 더 차가
워졌다. 지난겨울부터 함께 지내기 시작했으니 냥이와 여름을 나는 것
도 처음이다. 나는 여름 내내 방충망 하나만 걸어놓고 창문을 닫지 않
고 지냈다. 창문 밖 외벽에는 책을 넣은 박스를 쌓아두었다. 높이가 창
틀께에 닿았는데 냥이는 그 박스에 앉아 내가 방에서 하는 것을 지켜
보곤 했다. 여름밤의 무료함을 그렇게 견뎠을까. 방에서는 밖이 잘 보
이지 않았지만 방충망 너머 내 쪽을 바라보는 냥이의 눈길을 분명하게
느낄 수 있었다.

하루는 저녁 무렵부터 서늘한 바람이 불기 시작하는 게 비가 온
다는 일기예보가 맞으려나 보았다. 그런데 냥이가 초저녁부터 보이지
않았다. 곧 자정이 가까워지는데 어디를 간 것일까.

가끔 머리를 식히기 위해 유튜브에서 음악을 찾아 듣는다. 이것
저것 열어보다가 하필 리처드 막스의 〈Right Here Waiting〉를 듣고 나
니 냥이 걱정이 더 커졌다.

Wherever you go

Whatever you do

I will be right here waiting for you

Whatever it takes

Or how my heart breaks

I will be right here waiting for you

네가 어디를 가든

네가 무엇을 하든

난 바로 여기서 널 기다리고 있을 거야

무슨 일이 있든

혹은 얼마나 내 가슴이 무너져도

난 바로 여기서 널 기다리고 있을 거야

주인 없이 떠돌며, 어쩌다 산중의 절집까지 흘러와 탑전을 집으로, 스님을 주인으로 생각하고 살아가는 냥이를 볼 때마다 가여운 마음이 드는 것은 어쩔 수 없다. 아직 냥이와의 이별을 구체적으로 그려본 적은 없다. 그러나 그 어떤 방식으로의 이별이건 피할 수는 없겠지만, 죽음이 갈라놓지 않고서야 살아서 버리는 일만큼은 없을 것이라고 다짐한다.

냥이, 기다릴게!

꿈

베르나르 베르베르의 소설 『잠』에 의하면 고양이는 꿈을 꿀 수 있다고 한다. '고양이는 주로 쥐를 잡는 꿈을 꾼다'는 하버드 메디컬 스쿨의 데어레 배럿 박사가 발표한 연구 결과도 있다. 사람이 꿈을 꾸는지 아닌지를 아는 판단 근거는 급속 안구운동이다. 닫힌 눈꺼풀 안쪽에서 안구가 빠르게 움직이는 현상이다. 고양이도 잘 때 안구운동을 한다. 인간처럼 꿈을 꾸고 있을 확률이 높다는 것이다. 배럿 박사는 "개도 꿈을 꾸는데 보통 주인의 얼굴이나 기뻐하는 모습, 놀리는 모습 등 현실에 대한 꿈을 꾼다"고 했다. 냥이의 자는 모습을 관찰해보면 일리가 있다는 생각이 든다. 자면서 입맛을 다시고, 한숨 쉬고, 소리를 내고, 발과 몸통을 이리저리 굴리듯이 움직인다. 이럴 때면 지금 무슨 꿈을 꿀까, 궁금해진다.

나는 내가 꿈의 예지력에 민감한 편이라고 생각한다. 무슨 일이

어느 날
고양이가 내게로 왔다

있으면 일부러 잠을 청해 문제의 실마리를 찾아보는 습관이 있다. 꿈도 잘 꾼다. 잠에서 깨면 꿈을 차분히 되새겨보는 것이 하루 일과의 시작이다.

꿈에 관한 묵은 기억이 있다. 군에서 제대하고 지리산 칠불암 선방에 살 때의 일이다. 어딘가 불편하여 산 아래 범왕리 진료소를 찾았다. 지금 기억으로 소장은 얼굴이 창백해 보이는 마른 몸이었다. 같이간 스님(문중의 현묵 사숙님)의 말로는 40대의 나이이며 광주 출신이라 했다. 무슨 얘기 끝이었을까. 소장은 새벽에 일어났다가 진료소 문을 열기 전까지 다시 잠을 잔다고 했다. 이유를 물었더니 '꿈을 꾸기 위해서'라고 했다.

냥이도 그럴까.

꿈을 꾸기 위해서 자고, 꿈을 잇기 위해서 서둘러 또 자고…….

지금 당신은
꽃향기를
맡고
있습니까

고양이의 맘에 들 것이라 생각하여 시도하는
모든 것은 딱 들어맞지 않는다

위대한 정령이 모두를 모아놓고 말했다.

"나는 인간이 준비될 때까지 어떤 것을 감추려고 한다. 그것은 인간들이 스스로 자신의 현실을 만들 수 있다는 깨달음이다."

독수리가 말했다.

"저에게 그걸 주십시오. 제가 그걸 달에 갖다 놓지요."

위대한 정령이 말했다.

"아니다. 언젠가는 인간이 달에 가서 발견할 것이다."

연어가 말했다.

"제가 그걸 바다 밑바닥에 감춰놓겠습니다."

"아니다. 인간은 그곳까지 내려갈 것이다."

들소가 말했다.

"그걸 큰 평원 한가운데 깊숙이 파묻어 놓겠어요."

위대한 정령이 말했다.

"그들은 땅을 파헤쳐 그 안에 있는 것까지 꺼낼 것이다."

그때 어머니 대지의 가슴속에서 살아가는 할머니 두더지가 앞으로 나왔다. 육체적인 눈이 아니라 마음의 눈으로 볼 줄 아는 할머니 두더지가 말했다.

"그럼, 그걸 인간의 마음 안에 감춰두세요."

그러자 위대한 정령이 말했다.

"그렇게 하자."

이것은 인디언 수우족에 전해지는 이야기이다.

불교, 특히 마음 닦는 수행을 근간으로 하는 선종은 '밖에서 찾지 말라'는 가르침을 중요하게 여긴다. 누가 소크라테스에게 아무개가 여행을 다녀왔지만 조금도 나아진 것이 없다고 하자, "그는 자기를 짊어지고 갔다 온 것이지"라고 했다.

마음을 돌이켜보지 않으면 삶이 개선되지 않는다. 그래서 회광반조라 하여 안으로 마음의 빛을 비추어 일깨우는 일이 중요하다. 인디언들의 이야기는 세상에서 가장 중요한 그 무엇이 어떻게 하여 인간의 내면으로 들어오게 되었는지를 은유적으로 보여주고 있다. '그것'을 독수리가 달에 놓건, 연어가 바다 밑에 놓건, 들소가 평원에 파묻건, 인간들이 반드시 찾아내고 말 것이다. 그런데 할머니 두더지가 인간의 마음 안에 감춰놓자는 제안을 하여 모든 진실이 안으로 들어왔다. 흥미롭게도 할머니 두더지는 육체의 눈이 아니라 마음의 눈으로만 볼 수 있다. 마음의 눈으로 보기 때문에 그것이 얼마나 어려운 일인지 안다. 자신의 마음을 알기도 어렵고 남의 마음을 알기도 어렵다. 특히 동물이나 식물 같은 자연물의 마음은 영적으로 아주 특별한 능력을 갖지 않으면 알기가 어렵다. 그럼에도 불구하고 인간이 자연의 개체들을 가까이 하면서 보살피기도 하는 이유는 언어적인 소통은 아닐지라도 그들의 의지가 마음으로 전해지기 때문이다.

고양이는 무슨 마음을 가지고 있을까?

이 의문은 결국 나의 마음은 무엇인가, 하는 질문으로 돌아온다. 이것이 선의 경지다. 어떤 상황에 놓일지라도 마음을 항상 근원에 두는 거다. 돌멩이를 우물에 던지면 바닥에 닿아야 떨어지는 것이 끝난다. 바닥에 닿으면 돌멩이에게는 더 이상 움직일 여지가 없어지는 것처럼 사람의 마음도 부동하여 흔들림이 없는 자리가 있다. 마음을 그렇게 쓸 수만 있다면 마음의 고요와 평화를 알게 된다. 존재의 근원, 마음이 일어나는 최초의 자리가 드러나는 것이 깨달음이다. 그러기 위해서는 '이것은 무엇인가?' 하는 의문을 거두지 말아야 한다. 고양이는 내 밖에 존재하는 하나의 생명체이지만 지켜볼수록 그의 본성이 궁금해진다. 라퐁텐의 우화집에는 이런 이야기가 실려 있다.

고양이가 아주 어릴 적부터 길들여진 참새와 같이 살았다. 참새는 뾰족한 부리로 고양이를 콕콕 찔러댔지만 고양이는 참새의 못된 행동을 용서했다. 고양이는 참새가 쉴 새 없이 짹짹댔지만 슬쩍 눈감아주곤 했다. 참새는 자기가 하는 행동에 대해 양심의 가책을 전혀 느끼지 않았다. 참새는 고양이보다 신중하지 못했다. 반면에 현명하고 듬직한 고양이는 우정 때문에 참새를 함부로 대하지 않았다. 그것도 모르고 조심성이 적은 참새는 고양이를 수시로 쪼았다. 고양이는 참새의 못된 장난을 눈감아주었다. 친구였으니까, 고양이와 참새는 어릴 때부터 서로 알고 있었기 때문에 사이좋게 지내려고 했다. 그래서 장난이 싸움이 되는 경우는 없었다. 그러던 어느 날, 이웃에 사는 참새가 놀러왔다. 그러다 참새끼리 다툼이 생겼고, 고양이는 어릴 적 친구인 참새의 편을 들었다. 참새도 고양이에게 도움을 요청했다.

"이방인이 갑자기 찾아와 내 친구를 힘으로 제압해 먹이를 빼앗아 먹다니, 안 되지. 어디 힘을 써볼까?"

고양이는 이웃 참새를 잡아먹어버렸다.

"흠, 이제 보니 참새고기 맛이 아주 훌륭한 걸!"

한번 참새고기 맛을 본 고양이는 결국 어릴 적부터 친구로 지낸 참새까지 잡아먹어 버렸다.

나는 농사를 짓는 시골집에서 자랐기 때문에 고양이의 습성을 모르지는 않는다. 쥐를 잡고, 새를 잡고, 심지어 뱀도 잡을 수 있는 게 고양이다. 한 신문기사에 따르면, 지난 1970년대 영국에는 약 1,200만 마리에서 1,500만 마리의 참새가 서식하고 있었으나 현재는 600만 마리 정도밖에 남아 있지 않다고 한다. 30년간 최대 900만 마리의 참새가 사라진 것이다. 참새가 줄어든 원인을 찾기 위해 영국 주요 도시와 농촌을 현장 방문해 조사를 벌인 조류학자들이 중간 보고서를 발표했다. 과거 40년간 영국의 참새 관련 자료를 집중 분석한 이 보고서는 환경오염에 따른 참새 서식지의 감소, 참새를 잡아먹는 새

매의 증가, 애완용 고양이 사육의 증가 등 여러 가지 요인이 복합적으로 작용한 결과 참새가 급격히 사라졌다고 분석하였다. 특히 고양이 사육의 급증을 가장 큰 원인으로 보았다.

　　고양이는 본능적으로 살생을 할 줄 아는 동물이고 싸움을 마다하지 않는다. 밖에 나가면 털이 뽑혀져 들어오질 않나, 어디 아궁이에 들어갔는지 등이며 얼굴이며 몸 여기저기에 검댕을 묻혀오기 일쑤다. 검댕이가 묻은 줄도 모르고 야옹야옹 하면서 돌아다니는 걸 볼 때는 여간 우습지가 않다. 이게 어떻게 인간과 한 공간에서 가까이 지내는 동물로 변화했는지 기묘하다. 이 가까움의 미학은 일종의 친밀감이나 친교로 숙성된다. 우유가 숙성되면 치즈로의 화학적 변화가 일어나듯이 존재와 존재 간에도 차원의 변화가 이뤄진다. 사람 사이도 서로 알아갈수록 사랑이 싹트기도 하지만, 상호간의 이질감은 불화의 요소가 되기도 한다. 하지만 이런 부조화는 사랑의 다른 일면이기 때문에 이해하고 받아들여야 한다. 어쩌면 사이가 좋을 때보다도 갈등의 국면에서 상대의 진면목을 발견할 수도 있을 것이다. 사랑한다면 기다릴 줄 알아야 한다.

　　《주역》에서는 '생생불이(生生不已)'라 하여 만물은 낳고 낳기를 그치지 않는다고 한다. 자연만물의 생존 자체가 마찰을 통해 이뤄진다. 《열린사회와 그 적들》 저자로 유명한 칼 포퍼가 《삶은 문제 해결의 연속이다》라는 책을 썼다. 꼭 책 제목

만큼은 아니라도 삶은 꾸준히 극복해가는 자세와 의지가 필요하다. 비단길도 있겠지만 가시밭길도 있는 법이다. 상호간의 부조화를 극복하는 최선의 도구가 바로 사랑이다. 사랑은 친밀해지려는 노력으로 인하여 더욱 아름다운 꽃을 피운다. 친근감은 반대편을 제거하려는 의도를 갖지 않는다. 친한 사이에서 불화가 일어난다 해도 이런 생동감이 서로에 대한 이해를 깊게 만든다.

친밀감의 반대 지점에는 냉담함이 있다. 장 그르니에는 《어느 개의 죽음에 대하여》의 말미에 개와 고양이로 성격을 구분하여 개 - 말 - 비둘기를 한 편에 두고, 고양이 - 원숭이 - 앵무새를 다른 하나로 묶어 얘기한다. 개의 연합군이 친밀감을 대변한다면 고양이 쪽은 냉담함이라고 보았다. 친밀함이 주는 심리적인 안정은 반대편을 제거하거나 물리치지 않는 데서 설명된다. 의견을 함께해주고 동일한 관점에서 문제를 접근하는 것이다. 여기에는 옳고 그름의 문제라기보다는 오히려 호불호의 감정이 우선적으로 고려된다. 장 그르니에는 '냉담함'의 역설에 대해 이렇게 적고 있다.

고양이의 편에는 냉담함이 있다. 고양이의 편에 원숭이와 앵무새도 있다. 그들은 우리에게 소원한, 우리가 감탄하면서도 애정으로 가까워질 수 없는

동물들이다. …… 그런데 이 소원함은 너무나 근본
적인 것이어서 그들이 아무리 완벽하게 인간의 흉
내를 낸다 하더라도 극복될 수 없는 것이다. 앵무
새는 사람의 목소리를, 원숭이는 몸짓을 흉내 낸
다. 그래도 그들은 우리에게서 멀리 떨어져 있다.
…… 그러므로 생존형태는 가까운 것과 멀리 떨어
져 있는 것의 두 극으로 이루어져 있다.

어쩌면 고양이의 냉담함은 그들의 은근함 때문이다. 고양이는
개와 달리 적극적인 표현을 하지 않는다. 고양이의 마음을 충
족시켜주기도 어렵고, 설령 흡족하다 해도 그 강도를 짐작하기
도 쉽지 않다. 말수가 없는 사람과의 대화가 어렵듯이 고양이
와의 교감도 어렵다. 고양이의 맘에 들 것이라 생각하여 시도
하는 모든 것이 딱 들어맞는 것은 아니다. 마치 모닥불에 너무
가까이 가면 타버리고 멀어지면 추워지는 것처럼 그 알맞음의
경계는 모호하다.

　　삶에 최저점이 있다면 최고점도 있다. 어려움을 통해서
도 배울 수 있지만 인생의 황금기에서 바라보는 삶도 있다. 우
리가 삶의 양 극단을 함께 보기란 쉽지 않다. 선문의 보석 같은
공안집인《벽암록》에 이런 게송이 있다.

꽃 지는 나무에 그림자가 없으니　　花謝樹無影

보려 할 땐 누군들 못 보겠는가?　　看時誰不見

나무는 꽃과 잎이 모두 저버리고 나면 앙상한 가지만 남는다. 나무의 모든 것이 드러나서 생김새 하나하나를 전부 알아볼 수 있다. 그러나 '보려면 눈이 멀어버린다'라고 했다. 우리는 해가 뜨면 그 빛 속에서 하루하루를 살아가지만 정작 해를 직접 보지는 못한다.

꽃과 잎이 없는 나무는 꾸밈이 없는 적나라한 진실을 말한다. 진실이라 하여 다 보고 알 수는 없다. 감당하기 어려운 난관이 있다. 누가 진실을 말해준다 해도 밥 속에 돌이 있고 진흙 속에 가시가 있는 것과 같다. 밥 속에 돌이 있으면 마음대로 씹지 못하고 진흙 밭에 가시가 박혀 있다면 무턱대고 들어가기가 두려워진다. 우린 어쩔 수 없이 알고도 속고 모르고도 속는 속에서 삶을 도모해간다. 이 '눈멂'은 유용한 것일까? 그리스 신화에 나오는 오르페우스(Orpheus)의 이야기를 눈여겨볼 필요가 있다.

오르페우스는 음유시인이자 리라(악기)의 명수다. 그의 노래와 리라 연주는 초목과 짐승들까지도 감동시켰다. 사랑하는 아내 에우리디케가 뱀에 물려 죽자 저승까지 내려가 음악으로 저승의 신들을 감동시켜 다시 지상으로 데려가도 좋다는 허락을 받아냈다. 단 한 가지 조건은 지상의 빛을 보기까지 절대로 뒤를 돌아보지 말아야 한다는 것이다. 저승을 거의 빠져나올 무렵, 오르페우스는 아내가 잘 따라오는지 궁금해서 뒤돌아보는 바람에 그만 에우리디케는 다시 저승으로 끌려들어가고 만다. 그리고 그녀를 다시는 지상에 데려오지 못하게 된다. 결국 아내를 데려오지 못하고 슬픔에 잠겨 지내다 비참한 죽음을 맞이하고 만다.

우리를 뒤돌아보게 하는 의심과 불안은 무엇일까? 여기에는 더 가까이 가지 못하고 하나가 되지 못하는 안타까움이 내재되어 있는 것은 아닐지. 분리된 존재, 거기에 따르는 거리감이 우리를 항상 미심쩍은 상태로 남게 하며 영원히 미완성으로 떠돌게 한다. 이 의혹의 불은 스스로 지르기도 하지만 상대가 지름으로써 공허하게 되어버리는 에로스(Eros) 경우도 있다.

에로스는 아름다운 인간 처녀 프시케에게 자기의 신으로서의 정체를 숨기기 위해 밤에만 찾아갔다. 그러면서 절대로 자기를 보려는 시도를 해서는 안 된다고 다짐시킨다. 하지만 그녀가 호기심에 못 이겨 촛불을 켜고 잠들어 있는 아름다운 애인을 본 순간, 촛농이 에로스의 몸에 떨어지고 신은 밤 속으로 날아가버린다. 이 이야기의 경우에는 어둠과 빛, 존재와 은폐의 이중성이 우리를 의혹으로 몰아넣는다. 그리고 마찬가지로 확인하고 싶은 욕구가 어김없이 발동한다.

나는 이 고양이가 조심스럽다. 잘못 깊게 건드리면 다시 야지(野地)로 돌아가버릴 것만 같다. 고양이의 기분을 건드리지 않는 선에서 보살피고 거둬줘야 한다. 고양이와 나 사이에는 서로를 향한 감정이 있기 때문에 그 경계선에서 마주보고 살아가는 것이다.

내가 고양이에게 해줄 수 있는 것은 녀석의 그릇을 하루 두 번 채우면서 동시에 물그릇을 깨끗이 헹궈서 신선한 물을 담아 나란히 놓아주는 것, 그리고 날씨에 따라 보일러실에 만들어진 녀석의 자리에 깔린 전기방석의 온도를 맞춰주는 정도다. 그런데 시간이 흐르면서 친밀감이 생겨서인지 말도 걸어주고 쓰다듬어주기도 하면서 사랑의 마음을 보여줘야 한다는 것을 알아간다.

고양이는 담장 아래 위치한 차고를 좋아한다. 탑전에 있다 지루하면 담장이 끝나는 지점의 숲 기슭을 타고 내려가 차고에 들어가 있는다. 차고라야 옆과 뒷면만 판자로 둘러쳐 있다. 고양이는 차고 끝머리에 쪼그리고 앉아 숲을 바라보길 좋아한다.

내가 산행을 다녀오는 길에 탑전 축대와 주차건물 사이에 들어서려는 순간이면 먼저 알아보고는 야옹, 하면서 다가온다. 그러고는 바로 바닥에 뒹굴면서 좋다는 몸짓을 한다. 조그만 나뭇가지를 들고 녀석의 몸을 긁어주면서 털을 가지런히

해주면 눈을 감은 채로 자신의 가려운 곳으로 나뭇가지가 향하도록 이리저리 몸통을 굴린다. 그렇게 잠깐 놀아주고는, 가자, 하면 종종걸음으로 따라 올라온다.

나와 고양이와의 거리는 얼마인가.

나무는 나무대로
참새는 참새대로
고양이는 고양이대로

나의 행복

그대의 행복

온 세상의 행복

My happiness

Your happiness

Happiness of the whole world

이것은 조계종사회복지재단에 있을 때 재단이 지향하는 바를 생각하면서 만들었던 말이다. 이 말을 장난삼아 구글 번역으로 넣어봤더니 이렇게 나왔다.

나를 행복하게 하는 것은 뭘까 잠깐 생각해봤다. 우선 머리에 스쳐가는 것은 독서다. 독서에서 오는 상상력이 내 의식의 그물망을 이룬다. 그리고 가끔은 기분전환으로 바둑을 두기도 한다. 바둑은 내가 할 줄 아는 유일한 잡기이기도 하다. 일전에 인공지능인 알파고와 최정상의 바둑기사인 이세돌과의 대국이 세간의 이목을 집중시킨 적이 있다. 이 이벤트는 인공지능이 펼쳐갈 미래세계에 인간의 역할이 무엇인지에 대한 고민을 세상 사람들에게 안겨주었다.

나는 다른 측면에서 골똘히 생각해보았다. 알파고가 정책망과 신경망으로 최적의 수를 조합해낸다는 것은 바둑의 어

떤 절대적인 수, 바둑의 원리에 가장 근접한 수를 보여주는 것
이다. 마찬가지로 세상의 모든 종교와 철학적인 사고의 답도
가능할까 하는 호기심도 일었다.

문득 가와바타 야스나리의 소설《명인》이 떠오른다.
1938년, 일본 종신 명인이자 마지막 세습 혼인보인 슈샤이는
기타니 미노루를 상대로 인퇴기(引退碁)를 벌였다. 소설은 가와
바타 야스나리가 신문사에 송고한 이 대국의 관전기를 정리해
서 슈샤이 사후 12년 만에 세상에 나왔다. 당시 슈사이는 65
세, 기타니는 29세였다. 조치훈 기사의 스승이기도 한 기타니
는 6개월에 걸쳐 진행된 슈사이의 생애 마지막 목숨을 건 대국
에서 승리한다. 혼인보는 일본 에도시대의 봉건적 바둑 종가의
하나다. 본래 교토 잣코지(寂光寺)의 닛카이(日海, 1558~1623) 스
님이 기거하던 암자의 이름이었는데, 도쿠가와 막부에 의해 바
둑 종가의 이름으로 명명되면서 닛카이는 산사(算砂)로 불리게
되었다.

나는《명인》을 1990년대 중반 어느 해에 손에 넣어 읽었
다.《명인》에서 기억하는 바로는 '본인방'이 적광사 경내에 있
는 탑의 맨 위 머릿돌로 알고 있지만, 적광사 7개의 전각 중에
서 일해 스님이 머물렀던 곳의 이름이라는 말도 있다. 적광사
에는 1615년에 조선통신사의 일원으로 참여했던 이약사가 초
대 본인방이자 산샤인 일해 스님과 석 점을 깔고 바둑을 두었

다는 이야기가 전해진다. 이약사가 '건곤굴(乾坤窟)'이라는 글을 보낸 것이 지금도 적광사에 걸려 있다고 한다. 건곤일척처럼 운명을 건 대국을 한 장소임을 은유적으로 표현한 것이다. 다시 일본에 간다면 조동종 본산이자 도겐 선사의 도량인 영평사와 교토의 적광사를 반드시 가보고 싶다. 일해 스님은 임종에 이르러서도 "바둑이라면 패를 써서라도 살겠지만 목숨이 꺼지는 건 어찌할 수 없다"라고 바둑에 비유하여 삶의 회한을 말했다. 당시 부목반(浮木盤)이라는 바둑판의 뒷면에 이약사가 썼다는 글이 전해진다.

> 보이는 힘은 보이지 않는 힘만 못하고
> 力不如氣
> 보이지 않는 힘은 고요함만 못하듯
> 氣不如定
> 삼라만상의 조화는 고요함에서 나온다
> 妙生於定

사람들은 눈에 보이는 것으로 모든 것을 판단하려 하지만 그 근원은 알지 못한다. 보이는 것은 보이지 않는 것에 의해 형성되기 때문에 근원을 알면 상황은 수습이 가능해진다. 드러난 힘은 드러나지 않는 힘을 바탕으로 하여 존립하듯이 보이지 않는 힘의 근원은 고요함이다. 파도가 높다 해도 그 근원은 고요한 물 자체이듯이 바다가 없다면 바다의 표면에 일어나는 파도도 없다. 파도가 일기 전의 고요함이 물결을 일으키는 근원이자 힘의 원천이다.

그렇다면 삼라만상의 모든 조화는 어떻게 일어나는가. 그 조화는 어떻게 말로 설명하기가 어렵기 때문에 '묘'라고 했다. 묘는 극히 작고 미세하기 때문에 알기 어렵다는 뜻의 글자다. 그 묘함의 근원이 바로 고요함이다. 고요함은 큰 법문이고 위대한 진리다. 불교 경전 중의 하나인《열반경》에는 이런 게송이 나온다.

> 이 세상 모든 일은 무상하다.
> 諸行無常
> 이것이 바로 나고 죽는 생사의 법이다.
> 是生滅法
> 이 생멸의 법이 다하고 나면,
> 生滅滅已
> 그 세계는 적멸이 바로 즐거움이 된다
> 寂滅爲樂

만물의 생멸, 나고 죽음이 중생에게는 괴로움이 된다. 존재하는 모든 생명에게는 생멸과 헤어짐이 큰 고통이다. 죽음과 소멸은 두려움과 괴로움을 안긴다. 이 생멸의 괴로움을 넘어 궁극의 즐거움은 없는 것일까? 있다. 궁극의 즐거움은 바로 모든 마음이 꺼지고 가라앉은 고요함의 세계다. 집착과 갈망이 살아 있으면 괴롭지만 번뇌의 불이 꺼지면 그 자리가 바로 즐거움의 자리다. 생각이 꺼진 고요한 상태가 궁극적인 즐거움이다. 뭔가 자극적이고 더 채우고 싶은 마음이 아니라 만물의 조화 속에서 자신의 생각을 쉬고 근원으로 돌아가는 것이다. 근원에 들어가면 다시 삶으로 돌아오는 생성의 에너지를 얻게 됨으로써 만물의 생멸이 거듭된다. 이 묘를 살리는 것이 어렵다. 우리는 무엇으로 즐거움을 삼는가. 스스로가 일궈가는 즐거움인가, 남이 일궈주는 즐거움인가.

인도에는 이런 우화가 전해진다.

마을 사람들이 모여 신에게 찬양과 기도를 올리기로 했다. 하지만 마을에는 기도를 집전할 만한 사람이 없었다. 결국 산속에서 수도사를 초대하여 그의 집전 아래 저녁마다 예배를 드렸다. 그런데 언제부터인가 저녁 기도시간에 떠돌이 고양이가 나타나 훼방을 놨다. 예배시간 내내 주변을 어슬렁거리며 심하게 울어댔다. 고양이 울음이 신경에 거슬려 방해가 되는 한편으로 간혹 고양이 울음이 들리지 않으면 '어째서 들리지 않는가?' 하고 궁금해져서 이래저래 기도에 방해가 됐다. 마을 사람들이 고양이 울음에 신경을 빼앗겨 명상과 기도에 집중을 하지 못하자 수도사는 기도 시간이면 고양이를 멀찍이 묶어놓으라고 시켰다. 이렇게 해서 매일매일 기도를 올리는 시간이 되면 사람들은 문세의 고양이를 잡아 예배 장소에서 멀리 떨어진 올리브나무 숲에 고양이를 묶어놓았다.

수도사가 세상을 떠난 뒤 저녁기도를 올리는 시간이면 사람들이 어김없이 고양이를 묶어놓았다. 얼마 후 고양이마저 늙어 죽었다. 그러자 사람들은 다른 떠돌이 고양이를 잡아와 묶어놓고 나서야 기도를 올렸다. 새로 잡아와 묶어놓았던 떠돌이 고양이도 죽고 마을을 떠도는 다른 고양이조차 보이지 않게 되자 후손들은 이웃마을로 가서 고양이를 비싼 가격에 사다가 올리브나무에 단단히 묶어놓은 다음에야 기도를 올렸다. 그리고 마침내 그 마을 사람들은 고양이를 묶어놓지 않고 행하는 기도와 예불은 상상할 수도 없게 되었다.

오랜 세월이 지난 후 수도사의 유식한 제자들이 학구적인 전례규범에 대한 연구서를 출간했다. 주제는 '저녁기도를 올리는 시간에 고양이 한 마리를 올리브나무에 묶어두는 일의 중요성'에 관한 것이었다.

다시 오랜 세월이 흐르면서 고양이와 올리브나무에 대한 연구가 이어졌고 그에 따른 다양한 학파가 생겨났다. 고양이를 기도 30분 전에 묶어둬야 하는지 고양이를 올리브나무에 묶어두어야 하는지 아니면 물푸레나무에 묶어두어야 하는지 나무에 묶을 때 몇 미터 지점에 묶어야 하는지 등을 두고 이들 학회는 지금도 나름대로 치밀하고 세밀한 각종 의견을 개진하고 있다.

인간사회의 숭배는 항상 위험이 따른다. 시간이 흐르다 보면 본래의 의도는 잊히고 그 일을 하기 위해 필요했던 수단적 행위가 목적으로 둔갑하여 본질을 흐린다. 소크라테스는 '그 어떤 것도 진리보다 사람이 우선해서는 안 된다'라고 했다. 진리가 목적이고 모든 것에 우선이 되어야지 그 일을 하는 사람에 맹목적으로 팔려서는 곤란하다. 사람들은 이런 교조주의적인 망상에 쉽게 사로잡히고 무리를 이루고 파당을 지어 세력화를 도모한다.

앞의 우화에서 보듯이 기도와 고양이는 서로 상관없는 일인데도 고양이가 기도 속으로 들어오고 말았다. 이 기도는 누구를 위한 것인가. 나의 행복인가, 그대의 행복인가, 아니면 세상 모두의 행복인가. 인간에게는 숭배의 대상이 될지 몰라도 그 숭배가 고양이의 기쁨으로 연결되기는 어렵다. 나무는 나무대로 바위는 바위대로 참새는 참새대로 고양이는 고양이대로 살아가는 것이 좋지 않겠는가.

만물은 자신의 본성에 맞게 존재하고 살아가야 한다. 행복은 이런 소박한 자세에서 오는 것인지도 모른다. 내가 가진

장점을 알아야 한다. 나의 마음 안에서 찾지 않고 밖에서 구하면 탐욕에 눈뜨게 될지도 모른다. 내 마음의 부동심을 어떻게 기를 것인가.

중국 선종의 사상적 전기를 마련한 육조혜능 대사는 '풍번문답(風幡問答)'이라는 유명한 화두를 남겼다. 바람에 나부끼는 깃발을 두고서 바람이 움직이느냐, 깃발이 움직이느냐 하고 논쟁이 벌어지고 있었다. 혜능은 이것을 보고 움직이는 건 바람도 깃발도 아닌 우리의 마음이라고 일갈했다. 이 풍번문답은 배우 이병헌이 주연을 맡은 〈달콤한 인생〉의 시작 부분에 버드나무 가지가 바람에 흔들리는 장면과 함께 내레이션으로 이렇게 각색되어 나온다.

어느 맑은 봄날, 바람에 이리저리 흔들리는 나뭇가지를 보며 제자가 물었다.
"스승님, 저것은 나뭇가지가 움직이는 것입니까, 바람이 움직이는 겁니까?"
스승은 제자가 가리키는 것은 보지도 않은 채 웃으며 말했다.
"무릇 움직이는 것은 나뭇가지도 아니고 바람도 아니며 네 마음뿐이다."

내가 동국대에서 했던 강의과목은 '간화선 실습'이었다. 주로 선어록에서 뽑은 문답을 토론하면서 참선 실습을 병행했다. 어느 학기였던가, 첫 수업에 '풍번문답' 영상을 보여주며 느낀 점을 말해보게 한 적이 있다. 나는 풍번문답을 통해 부동심을 쉽게 설명할 수 있었다. 모든 것은 마음의 문제다. 부동심을 기른다면 세상은 전혀 다르게 보일 수도 있다. 행복은 각자의 취향에 있는 것이지 사물에 있는 것이 아니다. 내가 좋아하는 것을 손에 넣으면 그것으로 행복한 것이지 다른 사람의 눈에 좋아 보이는 것을 손에 넣었다고 행복해지지는 않는다. 행복에는 품위가 있어야 하고, 생각에는 상식이 있어야 한다. 상식이 무엇인가. 가능한 방법을 통해 가능한 성취를 이루는 것이다. 욕심은 못 하는 말이 없고 못 하는 역할이 없다. 심지어 욕심 없는 사람 역할도 한다. 어떤 이유에서건 욕심과 탐욕은 절제되고 다스려져야 한다.

깊은 밤, 잠자리에 들기 전 고양이가 있는 보일러실의 문을 열고 들어가 보는 것이 하루를 마감하는 요즈음의 일과가 되었다. 간혹 밤중에 어디를 간 것인지 자리가 비어 있을 때도 있지만 사료와 물 준비, 그리고 잠자리에 놓인 전기방석을 따뜻하게 해놓는 일은 하루도 거를 수 없다. 전기방석은 날씨가 추운 날은 8시간에 2단계, 좀 풀린 날은 8시간에 1단계로 해놓으면 늦은 아침까지도 녀석은 안락하게 편안한 밤을 보낼 수 있다. 고양이를 보러 갈 때는 중앙의 전등을 켜지 않고 조그만 손전등을 쓴다. 이유라면 어두운 데 있던 고양이의 눈을 부시게 할 게 염려가 되어서다. 내가 들어가면 야행성의 이 동물은 아직 잠들 기미는 보이지 않고 까만 눈동자를 이리저리 굴리면서 나를 올려본다.

'넌 어디서 온 거니?'

그렇게 우리는 서로를 향해 생각을 하는지도 모른다.

고양이는 한밤중에도 자리에서 나와 사료를 한 입씩 먹느라 그릇을 달그락거리기도 하고, 물을 먹느라 쫄쫄거리는 소리를 내기도 한다. 잠결에라도 문득 그 소리를 들으면 가슴 가득 무언가 따뜻한 물결이 번져가는 것을 느낄 수 있다. 그럴 때마다 나는 고양이에게 기원을 한다.

이곳은 이미 너의 왕국, 너의 달콤한 꿈은 이미 현실이며 너의 행복이 모두의 행복이 되는 거라고.

오물오물

쫄쫄쫄

달그락달그락…….

잠결에라도

문득 그 소리를 들으면

가슴 가득 무언가

따뜻한 물결이

번져가는 것을

느낄 수 있다.

고양이는 양쪽 콧구멍 크기가 다르다

어느 날 위산영우 스님(771~853)이 밤늦게 스승을 뵈러 갔다.
백장 스님이 물었다.

"누구냐?"

"영우입니다."

"화로에 불씨가 있는지 살펴보라."

"불씨가 없습니다."

그러자 백장 스님은 몸소 일어나서 화로의 재를 헤쳐 조그만 불씨를 찾아 들어 보이며 말했다.

"이것이 불씨가 아니고 무엇인가?"

스님은 그 자리에서 단박에 깨달음을 얻었다.

흔히 아는 만큼 보인다고 한다. 철학에서 보는 것과 아는 것은 같은 의미를 갖는다. 앎과 봄은 어떻게 작용하는가. 보는 것이 먼저인가 아는 것이 먼저인가. 안다는 것은 뭔가를 통해 이뤄지므로 보는 행위가 우선함을 알 수 있다. 보는 것을 통해 알게 되니까 보는 것이 심오해지는 선순환이 만들어진다. 사물을 보고 인생을 관조하는 안목은 이렇게 형성된다. '시선은 검이다'라는 그리스 격언을 처음 알고서는 진한 감동이 밀려왔다. 왜 보는 것은 검이라고 했을까? 검의 기능은 찌르고 베는 것이다. 그만큼 날카롭고 강인하며 반드시 흔적이 남는다. 그래서 보는 것이 무섭다.

예가 아니면 보지 말고

非禮勿視

예가 아니면 듣지 말며

非禮勿聽

예가 아니면 말하지 말고

非禮勿言

예가 아니면 행동하지 말라.

非禮勿動.

___《논어》 안연 편

예는 인간으로 존재하는 이상 갖춰야 할 덕목이 된다. 무엇을 규정하느냐의 문제가 따르는 것이지만 '바람직한 인간이면 이래야 하지 않을까?' 하는 것이 예의 시작이다. 사회적으로 담론이 형성되고 공동의 규약으로 굳어진 관습은 어느 사회건 강제력을 갖는다. 예는 행동을 절제하고 욕망을 조절하며 관계를 조화시킨다.

위의 글에 나오는 '시(視)'는 '견(見)', '청(聽)'은 '문(聞)'과 다르다. 보려고 해서 보는 것이 '視'고, 들으려고 해서 듣는 것이 '聽'이다. 일부러 어떤 의도를 가지고 하는 행위라는 차이가 있다. 여기서 '예'가 강조되는 건 상대의 입장을 헤아리지 않고 내 생각만으로 관계를 끌고 가는 것은 좋은 자세가 아니기 때문이다. 일의 억지를 부리지 않는 절제된 행위가 성숙한 인간의 자세다.

영우 스님이 백장 스님을 찾아간 때는 겨울이어서 내실 가운데는 화로가 놓여 있었다. 백장 스님은 화로에 불씨가 있는지 찾아보라 했다. 영우 스님이 찾아보니 불이 꺼진 지 한참 됐는지 불씨가 보이지 않았다. 그러나 백장 스님은 화로를 뒤져 불씨를 찾아냈다. 백장 스님이 영우 스님의 면전에 대고 '이게 불씨가 아니면 무엇이냐'고 일갈하자 영우 스님이 순간 깨달았다. 단순한 불씨의 차원을 넘어 있는 것을 없다고 했으면 사실을 왜곡한 것이고 진실을 보지 못한 것이다. 알고 모름, 사실과 거짓의 간극은 작지 않다. 백장 스님은 이 문답 끝머리에 '불성을 보고자 하면 마땅히 시절과 인연을 관찰하라'는 경전의 말씀을 들어 친절하게 이끌었다. 시절 인연을 관찰하려면 주의 깊게 마음을 다스려야 한다. 그래야 앎이 깊어진다. 만물은 각각의 방식대로 존재하며, 지각을 하는 단계가 높아질수록 존엄감도 높아진다. 자존감은 모든 생명체에게 소중하고 존중받아야 할 이유가 된다. 이런 조건이 충족될 때 생명체는 기뻐한다. 최근 읽은 볼테르의 《불온한 철학사전》에는 '자존심'에 대한 이런 이야기가 들어 있었다.

마드리드 근방에서 어느 걸인이 위엄 있는 태도로 구걸을 하고 있었다. 지나가던 행인이 물었다.

"일할 수 있는 사람이 이렇게 염치없이 먹고사는 게 수치스럽지 않소?"

"나는 당신에게 충고가 아니라 돈을 달라는 거요."

걸인은 이렇게 대답하고는 카스티야인의 품위를 간직한 채 그냥 돌아섰다.

걸인은 자존심에 상처를 입은 것이다. 걸인의 자존심은 귀족이 스스로를 자랑스러워하는 도도한 마음과 다르지 않다. 그는 자기에 대한 사랑 때문에 구걸한 것이고, 자기에 대한 또 다른 사랑 때문에 남의 질책을 받아들일 수 없었던 것이다.

인간세계의 차이는 부귀빈천으로 구분된다. 공자는 《논어》〈이인편〉에서 '부와 귀는 사람들이 바라는 것이지만 도(道)로써 얻은 것이 아니면 그것을 누리지 말아야 하며, 빈과 천은 사람들이 싫어하는 것이지만 도로써 얻은 것이라면 피하지 말아야 한다'고 했다. 곤궁하고 어려운 때일수록 자신을 수련하는 계기로 삼아 묵묵히 견뎌야 한다. 이 모든 것이 스스로를 사랑하는 것이고 존엄감을 지키는 길이다. 마치 《시경》의 '군자는 복을 구하는 데 있어서 도리에 어긋난 방법을 취하지 않는다〔求福不回〕'는 말과도 통한다. 나는 이 문구를 좋아해서 책에 사인을 해줄 때 많이 적어주곤 한다.

볼테르가 말하는 걸인이 어느 정도의 사람인지는 알기 어렵지만 태도에서만큼은 어떤 결기가 느껴진다. 고대 그리스

철학자인 탈레스가 말했듯이 '인간에게 가장 쉬운 것이 남에게 충고하는 것'이라는 교훈은 우리를 따끔하게 꾸짖는다. 세상을 잘 살아가려면 잘 보고 잘 아는 것이 중요한 비결이 된다. 다음의 '목동과 행인'이라는 이야기를 들어보라.

한 행인이 양떼를 돌보는 목동에게 다가가 말을 걸었다.

"당신은 정말 훌륭한 양들을 키우고 있군요. 내가 몇 가지만 물어봐도 되겠습니까?"

"물론이요."

목동의 시원스런 대답에 행인이 물었다.

"당신의 양들은 하루에 보통 얼마나 걷습니까?"

목동이 되물었다.

"어떤 양을 말하는 거요? 하얀 놈이오? 검정 놈이요?"

"하얀 놈이요."

"하얀 놈은 대략 오 마일을 걷습니다."

"저 검정 놈은요?"

"검정 놈도 오 마일을 걷습니다."

행인이 다시 물었다.

"그러면 양들이 먹는 풀은 하루에 얼마나 됩니까?"

"하얀 놈이요? 아니면 검정 놈이요?"

"하얀 놈이요."

"그놈은 하루에 대략 4파운드의 풀을 먹습니다."

"그렇다면 검정 놈은 어떻습니까?"

"그놈도 똑같은 양을 먹습니다."

"그럼 양털은 한 해에 얼마나 얻습니까?"

"어떤 놈을 말하는 겁니까? 하얀 놈이오, 검정 놈이오?"

"하얀 놈이요."

"하얀 놈은 일 년에 6파운드의 털을 냅니다."

"그럼 검정 놈은요?"

"그놈도 똑같은 양의 털을 냅니다."

이것저것 물어보았지만 목동의 답변은 그런 식이었다. 행인이 마침내 조금 화가 난 목소리로 따져 물었다.

"당신은 내가 물을 때마다 양을 하얀 놈과 검정 놈으로 가려서 대답하는데 대체 왜 그러는 겁니까?"

그러자 목동은 여전히 같은 표정으로 이렇게 대꾸했다.

"그건 당연한 일이오. 저기 하얀 놈들이 내 소유이기 때문이오. 아시겠소?"

행인이 재차 물었다.

"그럼 저 검정 놈들은 누구 소유요?"

목동이 대답했다.

"그놈들 역시 내 것이오."

이 이야기는 무엇을 말하는가. 알면 알기 전과 다르듯이 잘 보면 그냥 보는 것과 다르다. 세밀하게 보면 만물은 비슷한 속에서도 다름이 존재하며 각자 고유한 영역에서 고유한 가치를 갖는다. 잘 보면 그냥 보는 것과 달라진다. 세밀하게 보면 비슷한 속에서도 다름이 존재한다는 것을 알 수 있다.

냥이는 앞발과 뒷발이 다르고 왼쪽과 오른쪽이 다르다. 귀도 양쪽이 다르고 눈도 다르다. 그것뿐인가. 작은 콧구멍도 양쪽의 크기가 결코 같아 보이지 않는다. 사물은 그냥 보는 것과 사랑의 마음으로 보는 것이 다르다. 양떼를 돌보는 목동에게 모든 양은 하나하나가 소중하고 사람의 성격만큼이나 각각의 독특한 의미를 갖는다. 그래서 어떤 질문에도 양 하나하나를 빠짐없이 거론하며 답을 하고 있다.

고양이와 지낸 시간을 생각해보니 느낌상으로 반 년은 지난 것 같다. 고양이를 유심히 관찰해보면서 행동들을 알게 되고 어떤 것은 예측도 가능하다. 그렇다고 이런 이해가 나에게만 국한되는 것은 아닐 것이다. 고양이도 나름 나를 알아가고 있다는 생각이 든다. 나의 생활 리듬과 고양이의 생활 리듬은 스스로에게 충실한 방향으로 나아가는 듯하다. 간혹 교차하는 지점이 생기고, 그럴 때마다 '어쭈, 이 녀석이 나를 빤히 알고 있네!' 하는 놀라운 기분이 든다. 고양이를 보면서 항상 마음에 걸리는 것은 몸을 한 번도 씻겨주지 못하고 있다는 사실이다. 고양이의 몸 상태가 과연 어떠한지 더더욱 알고 싶다. 그러기 위해서는 병원에 데려가야 하는데 망설이는 중이다. 그래서 사료와 물을 잘 챙겨주고 아침저녁으로 얼굴과 귀를 닦아주는 일이라도 정성 들여 해준다.

고양이는 밖에서 돌아오면 바로 내 방문 앞으로 쏜살같이 뛰어 들어온다. 만약 내가 방에 있다면 문 모서리며 벽에 몸을 부비는 등 반가운 표시를 하고 나서야 비로소 사료를 먹는다. 한 번에 많이 먹지 않고 여러 번 자주 먹는다. 아마 항상 사냥에 대한 준비를 하는 야생동물의 습성이 남아 있는 까닭이 아닐까 싶다. 강아지나 고양이는 주인의 눈을 빤히 쳐다보면서 자신이 갈구하는 바를 나타냄으로써 목적을 달성하기 때문에 그 눈빛을 외면하기가 정말 어렵다고 한다. 이 고양이는 처음부터 방에 들어오고 싶어 안달했다. 시간이 지나면서 더욱 집요하게 고문 아닌 고문을 펼친 끝에 나의 항복을 이끌어냈다. 이제는 밖에 나갔다 오면 방에 들어와서 윗목에 한참 누워 있다가 마음이 한가로워지면 공을 들여 털을 고르기 시작한다.

어쩌면 태어나서부터 한 번도 목욕을 하지 못했을 수 있는 고양이의 털 고르는 모습을 지켜보고 있으면 형언하기 어려운 감정에 빠져든다. 양 다리와 배, 몸통, 뒷다리의 안과 밖 등은 직접 혀로 핥아서 정리를 한다. 그리고 얼굴이나 눈, 귓볼 주변, 머리 뒤편처럼 혀가 닿지 않는 곳은 다리를 이용한다. 보통 고양이를 보면 앞다리의 발등을 자주 핥는 것을 볼 수 있다. 관찰해보니 발을 깨끗이 하고 침을 촉촉이 묻힌 다음에 얼굴을 다듬었다. 이렇게 한참을 몸단장에 애를 쏟고 나서야 비스듬히 누워 눈을 감고 깊은 잠에 든다. 나는 아침저녁으로 물티슈로 눈곱을 떼고 얼굴을 닦아준다. 고양이에게는 볼 양쪽으로 길게 뻗은 하얀 수염이 매력이기 때문에 더욱 정성들여 손질해준다. 특히 눈은 시원하라고 물티슈를 눈 위에 덮듯이 하여 지긋이 눌러주고 손가락에 티슈를 감아 귓속을 닦아주고 귓등과 등을 쓸어주면 유난히 그르렁거리는 소리를 크게 낸다. 가끔은 장난을 치고 싶어 티슈를 물기도 하고 내 발등에 발을 얹어 친밀감을 나타낸다.

잠이 몰려오면 네 발을 나란히 옆으로 뻗고서 꼼짝을 않는다. 때로는 누구랑 싸웠는지 콧잔등이 긁히거나 등허리의 털이 뽑혀 들어오기도 하고, 어디 아궁이에 들어갔는지 검댕을 묻혀오기도 한다. 또 숲에 들어갔는지 풀씨를 붙여서 오기도 한다. 그래서 자주 살펴보지 않을 수 없다. 사람 같으면 누구랑 싸웠거나 다쳤다면 분해서 잠을 이루지 못할 텐데 이 녀석은 금방 잊어버리고 태연하기만 하다.

인도나 티베트의 수행 중에는 백골 시신을 앞에 놓고서 무상을 명상하는 방법이 있다. 고양이를 지켜보고 있으면 고양이의 명상이 될까? 명상을 티베트어로는 '곰(sgom)'이라고 한다. '익숙해진다'라는 뜻이다. 우리는 타인과의 관계에서도 그렇지만 안으로 자기 자신과의 화해와 사랑도 필요하다. 남이 아무리 자신을 사랑해준다 해도 스스로 사랑이 없으면 공허하다. 자기 자신과 화해가 없는데 어떻게 남에게 관용과 사랑을 베풀 수 있겠는가. '친밀해지기'라는 의미는 삶을 좀 더 친밀하게 지켜보라는 가르침이다. 티베트의 고원에는 오색으로 치장된 룽타(rlung rta)로 엮은 타르초(Tarchog)가 바람에 휘날린다. 룽타는 티베트어로 '바람의 깃발'을 상징하며 여기에는 경전의 말씀이 적혀 있다. 바람이 깃발을 흔들면 경전의 말씀이 바람을 따라 세상에 흘러들어간다. 자유로운 정신과 행운의 이미지를 담고 있다. 그래서 티베트인들은 깃발 위로 지나가는 바람이 어디로 가든 그 기원을 세상에 널리 전파하기를 기원한다. 고대 티베트의 기도문에는 이런 내용이 있다.

모든 살아 있는 존재가 행복과 행복의 원인을 갖게 되기를.
모든 살아 있는 존재가 고통과 고통의 원인에서 해방되기를.
모든 살아 있는 존재가 즐거움과 즐거움의 원인을 갖게 되기를.
모든 살아 있는 존재가 좋아함과 싫어함에서 벗어나 대평안에 이르기를.

고양이의 닳은 발바닥과 누렇게 변색된 털, 그리고 얼굴 여기
저기 긁힌 자국들이 지금까지의 풍상을 잘 말해준다. 큰절 여
기저기 떠돌아다니는 고양이들과 달리 이 고양이는 이제 긴 겨
울을 추위와 배고픔을 잊고 건강하게 나고 있다. 햇빛 아래서
보면 밝아진 얼굴만큼이나 털도 윤기가 흐르고 특유의 예리한
눈빛이 우아하게 보인다. 고양이가 방에 누워 있을 때는 눈부
심을 방지하기 위해 책상 스탠드와 벽장 모서리의 전등만 켜고
중앙의 형광등은 끈다. 그러면 눈을 찡그리며 빛을 가릴 이유
가 없어서 눈을 동그랗게 뜨고 나를 바라보기도 하고, 방 안 여
기저기를 둘러보기도 하다가 스르르 잠이 든다. 고양이는 이렇
게 말하고 싶은지도 모른다.

그동안, 나, 많이 힘들었답니다.

태평하게 보이는 사람들도 마음속을 두드려보면
어디에선가 슬픈 소리가 난다

앙산(仰山) 선사가 어떤 스님에게 말하였다.

"좋은 비지?"

스님이 말하였다.

"좋은 비입니다."

선사가 다시 물었다.

"좋은 것이 어디에 있는가?"

스님이 말이 없거늘 선사가 말하였다.

"그대가 내게 물으라."

스님이 물었다.

"좋은 것이 어디에 있습니까?"

선사가 비를 가리켜 보였다.

이 문답은 《선문염송》에 실려 있다. 이야기의 주제는 '호우(好雨)'라 하여 비의 좋음이 어디에 있는가를 놓고 이뤄진 문답이다. 어느 여름의 장마에 장중한 빗줄기라도 보았을까? 선사는 누가 물은 것도 아닌데 먼저 말을 했다. 비가 얼마나 좋은가! 산중의 비는 꼭 손님처럼 느껴진다. 반갑기도 하고. 그래서 오래도록 숨죽이며 바라보게 된다. 비가 나를 찾아온 것은 아니지만 산중의 단조로운 생활은 비라도 손님처럼 맞을 준비가 되어 있다. 천하의 도인도 내리는 비가 반갑고 좋았던지 상대도 없이 혼잣말처럼 읊조렸다. 문답에 대한 설명이 '어떤 스님'이라고 되어 있다. 특정인이 적시된 것이 아니라 '어떤 스님'이라고 되어 있는 부분이 이 문답의 즉각적인 현장성에 오히려 잘 어울린다. 어떤 스님도 '좋은 비'라고 했다. 모두가 좋다고 느꼈으니 동시적인 감흥이 충분히 드러났다. 선사는 뜻밖의 질문을 던졌다.

"비의 좋은 것이 어디에 있는가!"

질문에 대답을 못 하자 선사는 자신에게 되물어보라 했다. 선사는 말이 아니라 장중하게 내리는 비를 가리키는 것으로 답을 했다. 선사는 왜 비를 가리켰을까. 선사는 묻고 있다. 비를 보며 좋다 하고서는 비를 떠나 어디에서 좋은 것을 찾겠는가. 좋은 것은 바로 저 비에 있다. 선사는 행위를 하는 사람이 행위 자체와 하나가 되지 못하는 것을 지적하고자 한다. 중생의 번민은 일과 내가 하나가 되지 못하는 데서 생긴다. 일하는 사람이 일과 하나가 되고, 공부하는 사람이 공부와 하나가 되면 틈이 벌어지지 않는다. 일의 즐거움은 바로 이런 경지에서 맛보는 깨달음이다. 잠잘 때 잠들지 못하면 불면증이고, 먹을 때 먹지 못하면 병이 온다. 중국 선종의 대 선지식인 임제 선사는 이렇게 말했다.

바로 지금이지 다시 다른 때가 없다.
即時現今 更無時節

이 법문은 '즉사이진(卽事而眞)'과 같은 맥락이다. '일 자체가 삶의 진실한 향기'라는 뜻이다. '일'이 뭘 말하는가. 자신이 지금 이 순간 목전에 두고 있는 모든 것이다. 지금을 살아야 한다. 우리가 살아야 하는 것은 어제도 아니고 내일도 아니고 지금이다. 삶은 지금에 있다고 경전에서는 말한다. 지금 하는 일이 소중하고 순간순간 마주하는 인연은 더없이 귀중하다. 이런 마음을 가진 사람만이 순간을 살아갈 수 있다. 그리고 이런 마음에 복이 온다.

'현자는 긴 귀와 짧은 혀를 가지고 있다'라는 말이 있다. 자신의 생각을 우선하여 주장하고 자신의 이익을 먼저 생각한다면 나를 스쳐 지나가는 많은 행운을 알아볼 수 없다. 말하기보다 듣기를 잘하면 소득이 많다. 잘 듣고 잘 수용하는 자세는 대단히 적극적인 태도다. 만물의 운동법칙은 작용과 반작용이다. 우주의 생성·변화 과정을 《주역》의 개념으로는 '흡(翕: 열림)'과 '벽(闢: 닫힘)'으로 설명할 수 있다. 흡은 동하여 맺히는 것[動而凝]이고, 벽은 동하여 상승하는 것[動而升]이다. 숨을 깊숙이 들이마시면 내쉬는 양도 그만큼 되어야 한다. 뿜어져 나가는 기운은 응집하여 물질이 되고 안으로 들이킨 기운은 강건한 마음으로 화한다. 이 원리는 세상의 윤리법칙에도 응용할 수 있다. 《논어》〈계씨편〉에는 '군자가 생각해야 할 아홉 가지'가 있다.

볼 때는 밝게 볼 것을 생각하고

視思明

들을 때는 밝게 들을 것을 생각하고

聽思聰

얼굴빛은 온화할 것을 생각하고

色思溫

몸가짐은 공손할 것을 생각하고

貌思恭

말은 진실할 것을 생각하고

言思忠

일은 공경할 것을 생각하고

事思敬

의심스러운 것은 물을 것을 생각하고

疑思問

성이 나면 나중에 닥칠 환란을 생각하고

忿思難

이익을 얻게 되면 의로움을 생각해야 한다.

見得思義

무엇 하나 마땅하지 않은 말씀이 없다. '볼 때는 밝게 볼 것을
생각하고, 들을 때는 밝게 들을 것을 생각하라'는 말씀이 좋

다. 이렇게 살아도 될 것을, 이렇게 살지 못한다는 사실이 못 내 아쉽고 부끄럽기도 하다. 상대의 의도와 상관없이 밝게 보고 밝게 들을 수 있는 경지가 더없이 커 보인다. 이렇게 살아간 다면 추우면 추위와 하나가 되고 더우면 더위와 하나가 되라는 선종의 법문에 가까워진다. 태풍의 눈은 고요하듯이 문제의 본질 속으로 들어가면 시끄럽지 않다. 문제를 바라보고 걱정하는 마음이 뜨거운 것이지, 문제 자체는 차고 더운 게 없다. 스스로가 해가 되고 달이 되면 광명은 이미 내 안에 있다.

해가 바뀌고 2월 중순에 겨울 안거가 끝났다. 선방의 스님들은 해제를 하여 다음 여름 안거까지 3개월간의 만행에 들어갔고, 승가대학의 젊은 스님들에게는 한 달 동안의 방학이 주어졌다. 승가대학 스님들은 그나마도 저학년으로 갈수록 소임 때문에 실제 방학은 보름이 채 되지 않는 짧은 시간을 보내야 한다. 안거 중에는 점심시간에 빨래 같은 필요한 일들을 하거나 산책을 하기 때문에 산행 시간에는 여기저기서 스님들을 만나게 된다.

해제를 하고 나니 큰절도 텅 비고 산에서 스님들을 마주칠 일도 거의 없다. 봄이 왔다고는 하지만 햇살만 반짝일 뿐 산중은 더욱 고요하다. 겨울에 한두 번씩 건너오던 고양이들은 또 어떻게 된 것인지 조금도 얼씬거리지 않고 있다. 냥이도 큰절까지는 잘 건너가지 않는지 장시간 탑전을 비우는 일도 드물

어 보인다. 요즘 들어 고양이의 중요 일과는 '바라보기'가 아닐
까 하는 생각이 든다.

탑전의 높은 담장 아래 차고가 있다. 숲으로 이어지는
축대의 끝머리에는 담장의 턱이 만들어져 있고, 간단한 소각장
이 있다. 축대 아래의 턱을 달아 낸 곳은 담요 두 장을 펼칠 정
도의 공간이고 가운데로는 수로가 나 있다. 이 수로의 양쪽 끝
바닥은 시멘트로 마무리되어 있으면서 땅바닥으로부터 1미터
이상 높기 때문에 차고 주변의 숲을 조망하기에 알맞다. 그다
지 멀지 않는 거리에 큰절로 올라가는 길이 나 있어서 오가는
차량과 사람들의 소리가 들리기도 한다. 고양이가 특히 좋아
하면서 하루의 많은 시간을 보내는 곳이 이 자리다. 거기서 무
엇을 하는 것은 아니다. 이곳은 가까이 삼나무 숲이 바람막이
역할을 하고 햇살도 잘 드는 양지라서 따뜻하다. 고양이는 전
망대 같은 이곳에 자리를 잡으면 오랜 시간 몸을 웅크리고 앉
아 미동도 않는다. 가장 주된 목적은 숲의 쥐들을 살피는 것이
겠지만 어쩌면 먼발치서 오가는 차량과 사람들의 웅성거리는
소리를 듣기 위한 것인지도 모른다.

"뭘 그렇게 보고 있어?"

담장 너머로 고양이의 이런 모습을 볼 때면 말을 붙여본
다. 친구가 있는 것도 아니고 달리 놀이를 즐길 만한 것도 없어
서 안쓰럽고 애처로운 마음이 든다. 하지만 정작 고양이에게

마음의 그늘이나 얼굴의 어둠은 보이지 않는다. 고양이를 보는 눈은 사람에 따라 참 많이도 다르다.

　일본 근대 문학의 아버지로 추앙받는 나쓰메 소세키는 고양이의 눈을 통해 인간의 삶을 이야기하는 소설 《나는 고양이로소이다》를 썼다. 어디에서 태어났는지 모르는 버려진 어느 새끼 고양이가 인근 학교의 영어교사 집에 들어가 빌붙은 후, 자신이 고양이로서 겪는 일과 선생의 생활, 그리고 그의 친구들과 주변 인물들에 대해 이야기하는 방식이다. 사회 풍자 성향이 강하며 고양이와 인간 사회를 동시에 묘사하는 것으로 평가받는다.

　'나는 고양이다. 이름은 아직 없다. 어디서 태어났는지 도무지 알 수 없다. 어쨌든 어둡고 습한 곳에서 야옹야옹 울고 있었다는 기억만 난다. 나는 여기에서 처음으로 인간이라는 것을 보았다'로 시작하는 이 작품의 첫 구절은 유명하다. 저자는 고양이가 보는 인간은 그렇게 대단한 영장류가 아니라 오히려 고양이에게 위로를 받아야 할 존재인지도 모르겠다는 투로 말한다.

　늘 태평하게 보이는 사람들도 마음속을 두드려보면 어디에선가 슬픈 소리가 난다.

사람이 사람에게 상처받으면 좀처럼 삭이기가 힘들다. 그럴 때는 집에 있는 강아지나 고양이가 적잖이 위안이 된다. 신기하게도 이 동물들은 사람의 기분을 잘 이해하는 듯하다. 자신들에게서 삶을 배워보라는 듯이 '고양이란 너나 나나 할 것 없이 모두 단순하다. 먹고 싶으면 먹고, 자고 싶으면 자고, 화가 나면 화를 내고, 울 때는 죽어라 운다'라고 소설 속의 고양이는 말한다.

고양이는 여러 얼굴이 있는 듯하다. 어떤 날은 유난히 엉겨 붙으며 같이 있고 싶어 하고 장난을 치려 한다. 해가 길어진 요즘은 저녁공양을 마치고 화단을 구경하거나 염주를 굴리며 큰스님 사리탑 둘레를 돌기에 좋다. 며칠 전부터 노랗게 수선화가 피어나기 시작하여 바라보고 있자면 시간 가는 줄 모르는데, 어느 틈에 냥이가 옆에 쪼그리고 앉는다. 다시 일어나 사리탑전으로 향하면 바람처럼 빠르게 먼저 올라가 탑 조형물 사이사이를 날쌔게 오가며 술래잡기를 유도한다. 또 바닥에 바짝 엎드리면 내가 알아보지 못한다는 생각을 하는지 배를 바닥에 깔듯이 낮은 자세로 움직이지 않는다. 그럴 때는 웃음이 난다.

고양이에게 뭔가 더 해주고 싶은 마음이 들 때면 하루 몇 번이고 "넌 뭐가 좋아?" 하고 묻고 싶어진다. 어쩌면 고양이는 이렇게 답할지도 모른다.

'난, 그냥 이대로면 됐어. 네가 항상 가까이 있잖아!'

설마? 그렇다면 부담스러운데!

스스로를 지킬 줄 알면 스승이 필요없다

"거사님. 병환이 무슨 인연으로 났으며, 얼마나 오래되었으며 어떻게 하면 나으시겠습니까?"

유마 거사가 대답했다.

"무명으로부터 애착이 생겨서 내 병이 난 것이요, 또 일체 중생이 병이 들었으므로 나도 병이 들었으니, 만일 일체 중생의 병이 없어진다면 내 병도 없어질 것입니다. 왜냐하면 보살은 중생을 위하여 생사에 들어가는 것이요, 생사가 있으면 병이 있는 것이니 만일 중생이 병을 여의면 보살도 병이 없을 것입니다. 비유하자면, 어떤 장자가 외아들을 두었는데 그 아들이 병이 나면 부모도 병이 나고, 아들의 병이 나으면 부모의 병도 낫는 것이니, 보살도 그와 같아서 중생 사랑하기를 아들과 같이 하므로 중생이 병들면 보살도 병들고, 중생의 병이 나으면 보살도 병이 낫는 것입니다. 또 이 병이 무슨 인연으로 생겼느냐 하시니, 보살의 병은 대비심에서 생기는 것입니다."

——《유마경》

불교에서는 출가자 신분이 아닌 재가자로서 불제자의 길을 가는 사람을 일컬어 남성의 경우는 거사, 여성의 경우는 보살이라고 칭한다. 유마 거사는 세속에 있으면서도 대승의 보살도를 성취하여 출가자와 동일한 종교 이상을 실현하며 살고 있었다.

유마 거사가 한번은 병을 앓았다. 그런데 그 병이 육신의 질환이 아닌 가르침을 펴기 위한 방편의 병이면서 문병 오는 사람에게 병을 주제로 하여 설법하는 것이 목적이었다. 석가모니 부처님은 이러한 사정을 알고 제자들에게 유마 거사의 병문안을 갈 것을 명하였지만 그의 법력을 감당하기 어려웠다. 유마 거사는 비록 세속에 있지만 깨달음이 깊어 부처님의 10대 제자들과 보살들이 그를 상대하기가 벅찼다. 마침내 문수보살이 부처님의 명을 받아 유마 거사의 병문안을 가게 되었고 많은 문답이 이뤄졌다. 《유마경》 전체를 통틀어 가장 많이 회자되고 유명한 법문이 '중생이 아프니 보살도 아프다'하는 동체 대비의 정신이다.

인도의 힌두교 성자로 추앙받는 라마크리슈나에게는 아름다운 영적인 이야기가 많이 전해진다. 나는 라마크리슈나의 '휴머니티에 대한 서비스, 이것이야말로 가장 진실한 종교적 표현이다'라는 말을 좋아한다. 그의 제자 중에 비베카난다가 있었다. 그가 아니었으면 라마크리슈나가 세상에 알려지지 않았을 것이다. 비베카난다는 자신이 가야 할 운명의 길을 받아들였다. 그의 운명이란 (그는 영어를 잘했기 때문에) 스승의 가르침을 세상에 알리는 일이었다.

비베카난다에게는 갠지스 강의 돌을 주워 신전을 꾸민 깔루라는 도반이 있었는데 이게 늘 못마땅했다. 신은 마음속에 있는 것이지 돌 따위에 있지 않다고 생각한 그는 깔루를 비웃었다. 깔루는 이에 아랑곳하지 않고 사원에다 부지런히 돌단을 쌓으면서 쓰러질 것 같은 초막에는 돼지와 염소를 길렀다. 깔루를 따르던 개와 원숭이들은 주인을 볼 때마다 졸졸 뒤를 따랐고, 성난 이빨을 드러내는 법이 없었다. 라마크리슈나는 머리와 재기만 발달해서 항상 날이 서 있는 비베카난다를 꾸짖었다.

"그대의 열쇠는 앞으로 내가 가지고 있겠네. 그대는 아이 같은 순수함이 없으니 위험한 인물이야."

비베카난다는 요가와 명상으로 정진했으나 스승이 가져간 깨달음의 열쇠를 돌려받지 못했다. 그는 죽기 사흘 전에야 비로소 무릎을 쳤다.

"머리로 살지 않고 마음으로 사는 법. 겸손하고 순수한 삶을 사는 일이야말로 신에게 이르는 최선의 길임을 내 이제야 알았노라."

영적인 힘과 자신의 의지는 다르다. 영적인 영역은 직관이 아니면 들어가기 어렵다. 또한 우리를 둘러싸고 일어나는 일의 인과관계를 파악하기가 쉽지 않다. 영적인 세계를 알지 못하면 인간의 의지로만 돌파하려 하기 때문에 가피를 기대할수 없다. 머리로 사는 법도 있지만 무엇보다 마음으로 사는 법을 깨달아야 한다.

라마크리슈나에게 전해지는 또 하나의 이야기가 생각난다. 그가 하루는 점심공양을 하던 중에 그릇을 바닥에 내려놓고 급히 밖으로 나갔다. 옆에서 이것을 본 제자가 영문을 알 수 없어 따라나섰다. 그런데 라마크리슈나는 문밖으로 나가려던 순간에 실망스런 표정을 지으며 발길을 돌렸다. 제자가 그 이유를 묻자 그는 이렇게 말했다.

"내가 공양을 하려던 순간에 시장통에서 사람들에게 둘러싸여 괴롭힘을 당하는 제자를 보게 되었다. 그는 모욕을 당하면서 얻어맞아 피를 흘리고 고통을 받고 있어서 그를 구하기 위해 나가려 했지. 그런데 더 이상 참지 못한 제자가 손에 돌멩이를 쥐고 일어서는 게 보이는 거야. 그래서 돌아온 거지. 왜냐하면 그는 자신의 힘으로 스스로를 지키려고 했으니 더 이상 스승이 필요 없는 것이지."

이 이야기를 이해하기는 쉽다. 종교적인 마음으로 시련을 견딘다면 반드시 스승이 나타나서 도움을 준다. 인도나 티베트 등의 종교 전통에서는 스승에 대한 믿음을 대단히 중요하게 생각한다. 티베트에는 '스승을 부처로 대하면 부처의 복을 받을 것이요, 인간으로 대하면 인간의 복을 받게 된다'는 말이 있다. 자신의 믿음의 크기에 따라 받는 가피가 달라진다. 믿음이 커지려면 그냥 믿는 것으로는 한계가 있다. 어떻게 믿어야 할까. 자비와 사랑의 힘을 믿어야 한다. 세상을 아름답게 변화시키는 것은 오직 사랑의 힘뿐이다. 사랑의 마음이 있으면 공경하는 마음이 일어나게 된다. 타인에 대한 공경은 그 사람의 내면에 존재하는 긍정적인 힘을 일깨우기 때문에 나와의 공감을 통해 공동의 노력을 기울일 수 있다. 세상은 함께 살아가야 하는 것이니까, 같은 곳을 바라보며 함께 걸어가야 한다. 그 목적지는 행복한 삶이 펼쳐지는 공동의 세상이다. 유마 거사의 중생에 대한 연민과 라마크리슈나가 보여준 제자에 대한 사랑은 거룩한 것이어서 보통의 인식으로는 헤아리기 어렵다. 하지만 진리의 눈으로 보면 반드시 그렇게 되어야 하는 깊은 울림을 준다.

봄이 되면서 햇살은 더욱 따스하게 번져 나간다. 나는 봄 햇빛을 가득 받으며 여전히 산행에 열의를 가졌다. 고양이도 밖에서 더욱 많은 시간을 보냈고 날이 어두워지기 전에는 얼굴을 보기 어려웠다. 화단에는 수선화가 몇 줄기 노란 꽃을 피우며 솟아올랐고 하루가 다르게 여기저기 폭탄 터지듯 싹이 올라왔다. 탑전 터의 맨 윗자리에 모셔져 있는 큰스님 사리탑 주변으로는 매화가 병풍처럼 뒤를 둘러 하얗게 만개했다. 그 뒤로는 동백이 본격적으로 꽃망울을 터트릴 기세였다. 지난 늦가을에 겨우살이를 준비하면서 파초의 밑동을 바짝 잘라내고 덮어두었던 짚더미도 치우는 등 봄을 맞는 기분은 상쾌하고 즐거웠다. 혼자 지내는 것에도 익숙해져가는 중이라서 나의 봄은 아무 문제가 없어 보였다.

그러던 어느 날, 마음속에 떨쳐버리지 못하던 문제가 터지고 말았다. 그날따라 고양이는 정오가 되도록 보일러실에서 나오지 않고 잠을 자는 눈치였다. 나는 별 생각 없이 내 일을 하고는 산행을 가려고 등산화로 바꿔 신었다. 준비를 마치고 일어서려는 찰나에 고양이가 올라왔다. 그런데 눈이 가려운지 계속 앞발을 번갈아가며 눈 주위를 문질러댔다.

'왜 저러지?'

고양이의 얼굴을 자세히 살펴보니 오른쪽 눈 주위가 붉게 변해 있었다. 그뿐만이 아니었다. 양쪽 눈에 눈물이 가득 고여 있었다. 오른쪽 눈을 찡그리듯 반쯤 감고 있으니 조그만 얼굴의 비례가 무너져 크게 일그러진 느낌이었다.

"왜, 아파?"

나는 걱정이 되어 말을 붙여보았지만 고양이는 불편한 눈에 온 신경이 곤두서 있는 듯했다. 그렇잖아도 병원에 한번 가보려던 참에 막상 문제가 생기고 보니 가슴이 쿵- 하고 내려앉는 기분이었다. 심란하기가 이를 데 없었지만 우선 산을 한 바퀴 돌면서 어떻게 하면 좋을지 생각해보기로 하고 일어섰다.

여전히 불편한 눈으로 나를 바라보는 시선, 발걸음이 무거웠다. 산을 어떻게 돌아왔는지 모른다. 고양이는 내가 돌아오는 시간까지도 마당에 우두커니 앉아 있었다. 눈은 더욱 불편해 보였고 오른쪽 눈을 여전히 감고 다녔다. 나는 등산화를 신은 채로 마루에 앉아 가까운 동물병원을 검색했다. 벌교, 순천 등의 병원이 가까우니 이중에서 택하면 될 터다. 아는 분에게 상황을 말했더니 일요일이라 병원은 영업을 하지 않을 것이니 우선 식염수라도 구해서 눈 소독을 해주고 병원에 데려가보라고 일러주었다. 나는 급히 D스님에게 큰절에 식염수가 있는지 알아봐달라고 했다.

　　우리처럼 혼자 사는 사람은 가족간에 일어나는 일을 잘 모른다. 그리고 부모의 자식에 대한 심정도 알 길이 없다. 부모는 자식이 아플 때 가장 놀란다는 말이 있다. 어찌 보면 하찮은 고양이 한 마리일 뿐이지만 황망한 마음이 들어서 가만히 있을 수가 없었다. 벼르던 화단의 화초 옮기는 일을 시작했다. 창고에 가서 삽을 찾아 들었다. 지난가을에 잘린 파초의 밑동은 거의 썩은 듯이 보이지만 여름이 되면 양손으로 쥐어도 손에 들어오지 않을 만큼 통통한 줄기를 올린다. 흙더미 속에서 파초 다섯 뿌리를 캤다. 뿌리는 싱싱하게 살아 있었다. 수선화는 꽃이 피기 시작하는 것과 아직 촉이 올라오지 않는 것으로 두 뿌리를 캤다. 파초 세 뿌리는 아래층의 한쪽 끝 처마 아래에 심고, 나머지 파초 두 뿌리와 수선화 두 뿌리는 내 방 앞의 담장 밑에 심었다. 그리고 양동이에 물을 가득 담아 각 뿌리마다 한 양동이씩을 부어주었다. 이 파초가 생각만큼 잘 자라준다면 올 여름은 파초의 큰 잎에 떨어지는 빗소리를 들을 수 있을 것이다. 마음이 한결 나아짐을 느낄 수 있었다.

원래는 이날 작업할 생각은 없었는데 고양이의 눈병을 보고서 가만있을 수가 없었다. 드라마에서 엄마가 속상하는 일이나 걱정스러운 일이 있으면 괜한 빨래나 청소에 열중하는 것을 보게 된다. 꼭 내 기분이 그랬다. 한창 열중하고 있으니 D스님에게서 연락이 왔다. 식염수를 들고 건너오겠다는 반가운 소식이었다. 낮인데도 눈곱이 끼고 눈물은 계속 고이는 것 같았다. D스님이 오자마자 식염수의 뚜껑을 열어 거즈에서 수액이 떨어질 정도로 충분히 적신 후에 고양이를 잡고 눈을 씻어주었다. 처음에는 몸부림치는 고양이를 단단히 붙들지 못해 쉽지 않았다. 다시 고양이를 다독거려 눈에 수액이 들어갈 정도로 찬찬히 씻어주었다.

다음 날, 지인에게 고양이의 눈 상태를 찍은 사진을 보내주고서 가까운 동물병원을 찾아 의사의 소견을 여쭤달라고 부탁했다. 점심 무렵에 연락이 왔다. 의사의 소견은 '결막염'이었다. 그것도 한쪽만이 아니고 양쪽 다 그런 증상이 있어 보인다는 진단이었다. 그러면서 빨리 치료를 하지 않으면 눈이 안

보일 수도 있다고 했다. 순간 좀 무서운 생각이 들었다. 이제 어떻게든 고양이를 병원에 데려가는 일을 지체할 순 없었다.

서울에 다녀오려던 계획을 미루고 병원을 알아보기 시작했다. 순천의 동물병원을 검색했다. 순천만 해도 전남 동부의 중심 도시라서 동물병원이 여럿 올라왔다. 눈에 띄는 ○동물병원에 전화를 걸었다. 전화를 받은 여직원은 친절했다. 나는 전화를 걸게 된 이유와 함께 고양이의 상태를 얘기했다. '결막염'이라는 말이 귓전에 맴돌았다. 여직원은 그것은 상태를 직접 봐야 알 수 있는 거라 하면서 단순 질환일 수 있으니 데리고 나오라 했다. 내가 우려하는 또 하나의 걱정은 갑자기 박스에 넣어 차에 태워 움직이면 자신을 버리는 것으로 생각하여 놀라지 않을까 하는 것이었다. 다음 날 박스에 종이를 깔고 답답하지 않도록 사방으로 구멍을 뚫어 고양이를 넣은 다음에 박스 뚜껑이 열리지 않도록 간단한 테이핑을 했다.

"병원에 가보자. 눈 치료해줄게."

고양이가 멀미를 할 수도 있어서 적당한 속도로 움직였다. 처음에는 안절부절 못 하는 눈치였지만 고속도로에 접어들어서는 몸을 낮게 웅크리고 얌전히 있었다. 동물병원은 고속도로 입구에서 5분 남짓 걸리는 곳에 있었다. 차를 세우고 병원문을 열고 들어갔다. 수의사의 늦은 점심 때문에 30여 분 정도 기다려야 했다. 2층 건물의 병원에서는 애완견의 미용을 겸

하고 있어서인지 손님이 끊이지 않고 들어왔고 문의 전화도 제법 오는 편이었다. 로비의 소파에는 큰 애완견 두 마리가 가쁜 숨을 쉬며 누워 있어서 '병원은 병원이구나' 하는 생각이 들었다. 먼저 접수를 했고 다음은 몸무게를 쟀다. 7.2킬로그램이니 박스의 무게를 제하면 대략 6킬로그램 정도 될 거라 했다. 그 사이 수의사가 들어왔다. 박스에서 고양이를 꺼냈다. 수의사는 먼저 성별을 구분하기 위해 고양이의 몸을 여기저기 만졌다. 나는 아직까지 고양이의 성별을 모르고 있었다.

"수컷일 거 같은데요?"

뜻밖이었다. 난 녀석이 어디서 새끼라도 배 올까봐 신경이 많이 쓰였었다. 그런데 어려서 중성화 수술을 한 것 같다고 했다. 수의사는 나에게 잠시 기다리라 하고는 고양이를 안고 안으로 들어갔다. 진료실 책상과 수의사의 몸이 고양이털로 범벅이 되었는데도 개의치 않는 걸 보면 사람은 자신이 좋아하는 일이 있긴 있나 보다 하는 생각도 들었다.

수의사가 고양이를 안고 나왔다. 눈은 심한 정도는 아니며 주사를 한 대 놓고, 눈에 안약을 넣었다고 했다. 돌아가서 처방대로 안약을 넣어주면 된다고 했다. 예방접종은 일 년에 한 번씩 해주면 좋으니 다음에 접종을 시키라는 말과 함께 식염수로 닦아준 건 잘했다고 하니 기분이 좋았다. 간호사가 권한 사료, 빗, 진료비를 포함하니 7만 원이 나왔다. 박스에 고양이를 넣은 후에 차에 올라 출발하기 전에 고양이의 머리를 쓰다듬어주며 말했다.

"냥이, 걱정 마. 의사선생님이 괜찮대. 다행이지? 이제 탑전에 가자."

긴장이 풀려서인지 배가 고팠다. 고속도로에 들어서기 전에 편의점에 들러 물과 간식거리를 사서 요기를 하며 들어왔다. 식염수로 고양이의 눈 주위를 자주 닦고 안약을 하루 3~4번 이틀을 넣어줬더니 신기하게도 말끔하게 나았다. 눈곱도 예전보다 덜 끼었고 눈의 가려움도 덜 느끼는 것 같았다.

우리는 생로병사라는 피할 수 없는 숙명이 있다. 늙음과 병과 죽음을 대하는 자세는 사람마다 차이가 있다. 그 자세를 통해 한 사람의 삶을 조망해 보게 된다. 사마천이 《사기》를 쓴 계기는 죽는 것이 두려운 것이 아니라 죽어서 남겨놓은 게 없다는 것이 더 두렵게 다가왔기 때문이라고 한다. 그는 궁형을 당해 서고 걷기가 불가능한 불구의 몸으로도 역사적인 저술을 남겼다. 죽는 것이 두려운 것이 아니라 죽음에 대처하기가 어렵다는 그의 말처럼 삶을 대하는 자세를 생각해보지 않을 수 없다. 흔히 《사기》를 읽으면 만나게 되는 인간의 세 유형이 있다고 한다.

나와 똑 닮은 사람

내가 싫어하는 사람

내가 닮고 싶은 사람

나이가 들어갈수록 마음에 걸리는 것은 생각만큼 '이타행'을 많이 실천해보지 못했다는 아쉬움이다. 일체가 수행 아닌 게 없다고 말을 하면서도 '중생이 병들기 때문에 나도 병든다'라는 유마 거사의 깨달음도 없었다. 눈병이 나아 한결 활달해진 고양이의 얼굴을 쓰다듬어주면서 스스로에게 되물어본다. '나는 어떤 유형의 사람일까?'

그는 자신의
힘으로 스스로를
지키려고 했으니
더 이상 스승이
필요 없는 것이지.

생각에 잠겨 있다고 해서 꼭 좋은 결과가 따르는 건 아니다 어느 날 남전 선사의 회상에 동당과 서당의 스님들이 새끼고양이를 놓고 다투고 있었다.

이를 본 남전 선사가 새끼고양이를 번쩍 집어 들고 말했다. "누구든지 한마디 이를 수 있다면 고양이를 살려주겠다. 말하지 못하면 참하겠다."

누구 하나 대답하는 스님이 없자 고양이의 목을 베어버렸다. 마침 그날 외출하였던 조주가 돌아오자 남전은 낮에 있었던 이야기를 했다. 이 말을 들은 조주가 아무 말 없이 짚신을 벗어 머리에 이고 밖으로 나가버렸다.

그러자 남전이 말했다.

"조주가 그 자리에 있었더라면 고양이를 구했을 것을."

선종의 이 화두는 많이 회자되는 것이다. 수많은 선사들의 어록이나 선종의 공안집에도 빠지지 않고 실려 있기도 하다. 이 문답은 한 수행처에서 일어난 일을 화제로 삼고 있다. 옛 중국 송대의 사찰에서는 개는 키우지 않아도 고양이는 더러 키웠다. 개는 사람을 따라가지만 고양이는 자기의 영역을 지키는 습성이 있다는데, 고양이를 절에서 키운 이유는 명확하지 않다. 절은 모든 것이 시간. 생활이라 정해진 시간표에 따라 대중이 일사불란하게 살아간다. 기상과 취침, 하루 세 번의 공양과 예불, 운력, 참선, 그리고 쉬는 시간까지 촘촘히 짜여 있어서 고단하기도 하고 어떤 면에서는 지루할 수도 있는 생활

이다. 진정한 출가의 정신, 또는 운명적으로 타고난 길이 아니면 개인의 의지만으로는 평생을 몸담기가 어렵다. 그렇다고 무슨 오락이 있거나 재미삼아 시간을 보낼 일도 극히 제한적이다. 이런 곳에서 고양이 한 마리라니! 이 이상 짜릿한 구경거리도 없다. 쉬는 시간이면 고양이를 서로 차지하고 놀기 위해 각축이 벌어졌을 것이다. 고양이도 피곤한 일이지만 큰스님의 눈에도 여간 마뜩찮아 보였을 것이다.

"이게 뭐냐!"

큰스님이 고양이를 들어 올려서 대중에게 물었다. 이게 뭔가, 이게 뭐라고 이 소란을 피웠단 말인가. 이 고양이가 도대체 뭔가. 이 고양이를 어쩌겠다고 이리 집착을 하여 대중이 다 투기까지 하는가. 이 고양이는 무엇이며, 이 집착은 또 무엇인가. 누가 고양이의 주인인가. 왜 주인이라 하는가. 본래 주인이 있는 것인가. 주인이 있다면 이 고양이가 손님이라도 된단 말인가. 왜 이렇게 행동하는가. 고양이가 좋다면 모든 것이 다 좋을 수 있겠는가, 아니면 고양이만 좋아야 하는가. 이 고양이가 본래 없다면 고양이를 좋아하는 마음은 어디서 일어난 것인가. 큰스님은 더 강력하게 대중을 향해 묻는다.

"말해보라. 이 고양이에 대해 가장 알맞은 말을 한마디 해보라!"

큰스님은 묻고 있다. 이제 대중이 답해야 한다. 어떻게 해야 가장 알맞은 대답이 될까. 가장 적확한 대답은 무엇일까? 이게 어렵다. 즉문즉답이 간단치 않다. 그런데 정작 큰일은 이 대답에 따라 고양이의 목숨이 달려 있다는 사실이다. 대중은 말이 없었다. 진퇴양난이다. 그러자 큰스님은 고양이를 참하고는 방으로 들어가버렸다. 혹자는 불교의 제1계가 불살생인데 어떻게 고양이를 죽이느냐고 의문을 표한다. 그럴 수 있다. 있을 수 없는 일이 벌어졌으니 더 의문이 커진다. 어떻게 했으면 고양이를 살렸을까? 마침 상수제자인 조주 스님이 들어왔다. 출행을 마치고 돌아오느라 자리를 비운 사이에 사단이 났다. 큰스님은 자초지종을 얘기하며 어떻게 하면 고양이를 살리겠느냐고 물었다. 그러자 조주 스님은 방문을 열고 나가 신발을 머리에 이고는 가버렸다.

"네가 있었으면 고양이를 살렸을 텐데."

큰스님의 때늦은 탄식이 고양이에 대한 안타까움을 더한다. 오늘날에 이르기까지도 이 문답에 대한 많은 사족이 붙는다. 그중에서 가장 인상 깊게 읽은 평은 뜻밖에도 미시마 유키오의 《금각사》다. 20대 후반, 본격적인 독서수행의 첫 작품이 바로 이 책이었다. 누군가 꼭 읽어보라며 권했던 것이 계기가 되었다. 나는 세상의 무엇이건 알고 싶었고, 알기 위해서는 책을 읽어야 했다. 내가 알지 못하는 미지의 세계는 오직 독서만이 열어줄 수 있는 유일한 통로였다. 그때 세운 목표가 '일생

1만 권 독서의 꿈'이다. 타인의 힘으로 얻는 것은 뜻대로 되기 어렵지만 내 힘으로 성취할 수 있는 것은 양보하고 싶지 않았다. 그래서 《금각사》는 나의 일생에 큰 전기를 만들어준 작품이고, 이것을 통해 나는 나만의 고독을 익혀갈 수 있었다. 《금각사》에서 미시마 유키오는 주지스님의 강론을 통해 이 화두를 푼다. 남전 선사가 고양이를 참한 이유는 무엇인가.

"생각을 끊는 것이다."

고양이의 참수는 이런저런 생각의 갈등을 단번에 끊는 법문이라는 것이다. 고양이의 죽음이 문제가 아니라 갈등이 끊어지지 않는 것이 큰 문제다. 문제의 해결은 간단하다. 구차하게 변명하거나 따지려 들기 전에 혀가 없는 사람처럼 입과 귀와 생각을 닫아보라. 마음속의 고양이를 참하는 것이다. 그러면 고요해진다. 내가 침묵하면 세상도 침묵하고 내가 수다스러우면 세상도 수다스럽다. 안으로부터 세상을 움직이는 힘을 기르기 위해서는 남전참묘의 법문을 깊게 보아야 한다.

생각해보니 고양이와 지낸 시간도 꽤 여러 달이 지났다. 고양이에겐 미안한 말이지만, 처음 만난 순간부터 지금까지 '남전참묘'를 잊어본 적이 없다. 신경이 쓰이고 걱정이 되면 될수록 고양이와의 만남과 이별이 무겁게 자리잡는다. 만남도 좋고 이별도 좋은 것이 가능할까. 잘 자고 잘 지내고, 밖에 나가서도 들어올 때는 자기 집이라고 신이 나서 뛰어 들어와 나를 먼저 찾는 이 고양이가 사랑스러울수록 이별의 아픔도 클 것이다.

누구나 인생 오십에 들어서면 삶을 반조하는 힘이 생긴다. 나는 인생의 후반을 '애착이 강하면 놓기도 어렵다'는 것을 망각하지 않고 살아가려 한다. 삶이 기쁘면 죽음을 기꺼이 받아들일 수 없다. 인생을 잘 회향하려면 마지막에 쓸 힘을 비축해놓아야 한다. 그것은 너무 좋고 신나면 놓기가 힘들다는 삶의 안목이다. 그래서 조금은 덜 힘들고 덜 즐겁고 덜 절망하고 덜 집착하는 자세로 살고 싶은 것이다. 삶은 왜 어려울까? 중국 당대의 주경여는 결혼식 아침의 정경을 읊은 〈장수부에게 올림(閨意獻張水部)〉이라는 다음의 시를 남겼다.

지난 밤 화촉동방에 붉은 등불 꺼지더니
새벽을 기다려 시부모님에 문안인사 올린다.
화장 마치고 나직한 목소리로 남편에게 묻는다.
눈썹 그린 것이 요즘 유행에 맞습니까?

이 시는 원래 과거를 앞둔 주경여가 그의 친구인 장적(장수부)에게 자신의 실력이 과거에 붙을 만한지 은유적으로 물어본 것이라 한다. 주경여의 작품 중에서 으뜸으로 평가받는 시다. 장적은 "아리따운 여인 화장하고 거울을 떠나면서, 어여쁜 줄 알면서도 또다시 중얼댄다……" 하면서 그의 실력을 인정했다. 실제로 주경여는 당나라 경종(서기 826년) 때 과거에 합격하여 진사가 되었다. 모르긴 해도 화장 중에서도 신부의 결혼식 화장이 가장 화려하지 않을까? 더할 나위 없이 화려한 화장인데도 막상 나서려니 요즘 유행에 맞는지 조바심이 나는 신부의 심정을 그렸다. 공자가 "인생은 마지막이 어렵다"라고 했듯이 삶을 알기는 쉽지 않다. 부족함, 완전하지 않음에서 멈추는 지혜를 또한 갖고 싶다. 그리고 내가 무엇을 다 차지하고 깔고 앉아 버티기보다는 더 나은 사람을 찾고 길러서 다음 사람에게 넘기는 덕을 쌓고 싶다.

그런 의미에서 13세기 페르시아의 시인이자 신비가이며 '메블라나 교단'의 창시자인 메블라나 잘랄루딘 루미가 남긴 이야기는 참으로 아름답다.

13세기는 동서양에 종교적으로건 사상적으로건 대단히 뛰어난 인물들이 많이 나왔다. 한국의 보조국사, 일본의 도겐 선사와 친란, 법연, 중국의 대혜종고, 서양의 토마스 아퀴나스, 도미니크, 아시시의 프란체스코, 터키의 나스렛딘 호자, 페르시아의 사아디, 하페즈 등 헤아릴 수 없이 많다. 이중에서도 시인으로서 종교적 성인으로 오늘날까지 추앙받는 유일한 인물이 루미다. 위에 열거한 인물들의 작품은 많이 번역되어 시중에 나와 있다. 다음은 루미의 이야기다.

한 무리의 사람들이 사냥을 나갔다가 루미의 명상원을 보게 되었다. 안은 벽으로 둘러싸인 정원으로 백여 명의 사람들이 루미와 함께 제자리에서 빙빙 돌고 있었다. 사냥꾼들은 생각했다.

'미친 사람들이야. 빙빙 돌면서 무슨 진리를 깨우친단 말인가. 또 그런 종교가 어디 있겠어. 저 교주가 많은 사람들을 미치게 만들었군.'

사냥을 마치고 돌아가는 길에 사냥꾼들은 아침에 지나쳤던 명상원을 다시 거쳐 가게 되었다. 문득 아침에 빙빙 돌던 사람들이 궁금해졌다. 문 안을 들여다보니 놀랍게도 백여 명의 사람들은 눈을 감은 채 침묵 속에 앉아 있었다. 그 적막감이 문 밖까지 전해져 올 것만 같았다.

사냥꾼들은 서로 말했다.

"불쌍한 사람들이야. 완전히 맛이 갔어. 그렇게 빙빙 돌더니만 힘이 빠져 맥없이 앉아 있는 거로군. 몇은 죽었을지도 모를 일이야."

한 달이 지나 다시 사냥에 나선 그들은 루미와 그의 제자들이 어떻게 되었는지 궁금했다. 그래서 안을 들여다보니 아무도 없고 루미 혼자 앉아 있는 게 아닌가? 그들은 웃으며 말했다.

"모두들 도망갔나 봐. 저 사람을 따라 종일 빙빙 돌다 보면 정신이 이상해질 수 있거든."

사냥꾼들이 루미에게 다가가 물었다.

"제자들은 모두 어찌 되었습니까? 한 달 전엔 백 명은 족히 넘는 사람들이 함께 있었던 것 같은데요."

루미가 대답했다.

"그들은 빙빙 돌다 진리를 발견하고는 메시지를 전파하기 위해 세상으로 나갔다네."

"그런 당신은 이제 무얼 할 건가요?"

"나는 두 번째 제자를 기다리고 있네. 첫 번째 제자들이 세상에 나가서 데리고 올 거라네."

진리의 자세는 이와 같다. 자신이 진리의 사람이 되면 그다음 사람이 진리의 사람이 되어 세상에 메시지를 전한다. 시간이 흐르면 그 메시지의 울림이 넓고 크게 퍼져서 세상의 행복에 기여하게 된다. 선종에서는 '세계일화 조종육엽(世界一花祖宗六葉)'이라는 말이 대단히 고준하게 쓰인다. 세계는 한 꽃이요, 그 꽃에는 여섯 개의 꽃잎이 있다는 뜻이다. 부처님의 법이라는 꽃 한 송이가 선종에서 달마 대사 이래 오대의 전법제자로 이어졌다. 꽃잎이 여섯인 셈이다. 이 한마디에 선종의 역사성이 포괄된다. 남전 선사의 한 칼이 섬광처럼 하늘과 땅을 가르고 분별심을 끊어버렸으니 절벽을 타고 오를 등나무 줄기가 두 동강이 났다. 길이 사라졌다. 말의 길이 끊어지고 생각의 길도 끊어지고 나면 장차 무엇이 남는가.

남전참묘!

아득하다.

우리의 행복은 불행이 없다는 것이다

일전에 나갔던 순천의 동물병원 여직원은 병원 로비 구석에 차려진 단출한 매대에서 뭐 살 것이 없나 하고 이것저것 물어보는 나에게 말했다.

"개는 한 마리에게 맞으면 모든 개에게 맞지만, 고양이는 한 마리에게 맞는다고 하여 다른 고양이에게 맞는 것은 아닙니다. 모든 것을 직접 상대해봐야 한답니다."

나는 무엇보다 털 관리를 어떻게 해야 하는지 알고 싶었다. 그래서 빗도 사고 영양에 좋은 사료도 병원에서 추천해주는 걸로 구입한 터였다. 여직원은 또 설명을 곁들였다.

"고양이 중에 자기 몸을 깨끗하게 잘 관리하는 애가 있어요. 그런데 모든 고양이가 그렇지는 않고요."

그렇다면 냥이는?

냥이는 밖에 나갔다 오거나 잠들기 전, 또 아침에 일어나면 다리와 몸통을 비틀어가며 혀로 핥고 앞다리로 얼굴을 문지른다. 그렇다고 밖에서 생활하던 때가 모두 벗겨진 것은 아니어서 집고양이처럼 자태가 나는 것은 아니지만, 고양이 빗으로 자꾸 빗겨줬더니 점점 예뻐지고 있다. 영양이 충분해서인지 이제는 눈곱도 거의 끼지 않는다. 무엇보다 나를 잘 따르고, 간단한 일을 하거나 도량을 거닐 때면 붙어 다니면서 심심치 않게 한다.

우리의 행복이라는 것은 불행이 없다는 것이다.

몽테뉴의 말이다. 그럴지도 모른다. 아무것도 아쉬울 게 없어 보이는 고양이에게도 도사리는 위험이 있다. 큰절에 떠돌아다니는 고양이들의 침범이다. 나도 항상 신경이 쓰이지만, 냥이도 자신의 영역을 지키는 일 만큼은 한시도 게을리하지 않는다. 탑전 둘레를 큰 원으로 하여 보초병처럼 군데군데 서 있는 나무의 밑동에 발톱으로 긁어 영역표시를 한다. 듣기로는 발에서 나오는 자신의 냄새를 바른다고 하는데, 이 일을 정말 열심히 한다.

냥이는 자신의 왕국을 한 뼘도 양보할 마음이 없을 터이지만, 굶주린 다른 고양이들에게는 생존이 걸린 문제라서 틈만 보인다면 침범을 미룰 까닭이 없다. 영역 문제에 있어서 누군가 이미 차지하고 있다면 다른 동물이 포기를 하는지, 아니면 힘으로 제압할 수 있다면 자리를 뺏을 수 있는지는 모르겠다. 자신의 영역이 존중된다면 별일 아니지만 권리를 쟁취하는 문제라면 상황은 달라진다. 내가 다른 고양이는 키울 맘이 없고 이 녀석 정도 밖에 돌봐줄 수 없는 형편이고 보니 자신의 영역은 그만큼 확보된 것이라고 봐야 할 것이다.

며칠 전 일이다. 나는 글을 쓰고 고양이는 방 귀퉁이에 누워 자고 있었다. 밤 한 시쯤 되었을까? 문 앞의 고양이 사료 그릇이 달그락거리는 소리가 났다. 뭔가 싶어 나가보았더니 낯선 고양이 한 마리가 통로 모퉁이로 사라지는 게 보였다. 마당으로 따라 나가보았더니 냥이와 비슷한 털을 가진 고양이가 저 멀리 숲으로 사라지고 있었다. '큰일이다.' 나는 걱정이 되어서 숲 언저리까지 가서 손전등을 비춰보았다. 어떻게 이 안에 사료가 있는 것을 알았을까……. 나는 이곳이 고양이들의 생존이 걸린 살벌한 전쟁터가 되지 않았으면 한다. 한껏 걱정이 되어 근심스런 표정으로 방에 들어왔더니 고양이는 여전히 잠에 빠져 있었다.

"야, 너는 어떻게 고양이가 사람보다 귀가 어둡냐. 너 이제 큰일났다."

나는 고양이의 머리를 가만히 긁어주며 말했다. 이 녀석이 뭘 믿고 이렇게 태평한지 알기 어렵다.

고양이는 지켜볼수록 매력 있는 동물이다. 다른 동물과 달리 어느 곳인가에 시선을 두고서 가만히 앉아 있는 모습은 깊은 침묵의 울림을 준다. 이 한적함이 참 좋다. 선종에서 '우보호시(牛步虎視)'라 하여 걷는 것은 소처럼, 보는 것은 호랑이처럼 하라는 말이 있다. 소는 서두르지 않고 천천히 걷는다. 호랑이는 보는 것이 예리하다. 고양이과 동물의 눈은 영묘하다. 주의 깊게 대하지 않으면 그들의 마음을 알기 어렵다. 신기하게도, 말을 못하는 동물인데 말하는 인간을 자신의 뜻대로 움직이는 힘을 가지고 있다. 그 힘은 바로 인내심이다. 주인이 자신의 뜻에 맞게 움직여줄 때까지 기다린다. 그러면 주인은 용케도 알고 해결해준다.

　　동물은 자신이 문을 열지도 못하고 열매를 따오거나 사료를 꺼내먹지도 못한다. 먹고 마시고 들어가고 나오는 일이 모두 주인의 손을 거쳐야 하는 대단히 난해한 일인데도 그들은 기다림으로써 자신이 원하는 바를 해결한다. 이 인내심은 사람이 배워야 한다. 그들은 일찍이 기다리면 해결된다는 것을 터득한 것처럼 보인다. 그렇다고 크게 보채지도 않는다. 인간들은 자신들이 돌보는 동물들의 뜻에 맞게 해주지 못하면, '어떻게 해달라는 거지?' 하면서 오히려 자신을 책망하니까! 그렇게 하여 많은 불일치에도 불구하고 고양이(개를 포함하여)는 인간의 삶을 공유하며 함께 살아간다. 동물을 가까이 해본다는 것은 어릴 적에 누구나 한 번쯤은 품어봤을 만한 로망 아닌가? 나는 산중에서 일어난 고양이와의 일을 흘려보내기가 아까워 차곡차곡 기록해보고 싶다.

　　감히 현명하여라.
　　시작하라,
　　잘 살아볼 시간을 미루는 일은
　　강을 건너려고 물이 다 흘러가버리기를 기다리는

촌사람 격이니라.

그동안 강물은 흐르며 영원히 흘러갈 것이다.

___ 호라티우스

나는 아직 이 고양이와의 이별을 알지 못한다.

더 많은 시간을 같이 지내고 싶고, 눈물 속에 맞는 아픈 이별일지라도 기꺼이 받아들여야겠다는 마음뿐이다.

만약 고양이가 없다면 지금 나의 시간은?

숲은 백로의 바람에 시들고

林凋白露風

꽃은 청명의 비에 피도다.

花發清明雨

이 게송은 《선문염송》에 나온다. 백로(白露)는 24절기의 15번째로 태양 황경이 165도가 될 때다. 양력으로는 9월 7일 내지 9월 8일에 해당한다. 가을 기운이 완연하고 농작물에 이슬이 맺힌다 하여 백로다. 제주도에는 '백로까지 패지 못한 벼는 더 이상 크지 못한다(白露前未發)'는 생장의 한계를 그은 말이 있다. 사람도 마찬가지여서 기대치가 무한정 늘어나지는 않는다. 기다리는 데도 때가 있고 참는 것도 한계가 있다. 사람에 대한 기대와 희망을 접고 돌아서야 하는 절망의 순간은 누구에게나 슬프고 아프다. 원인은 상대와 내가 서로 제공한 것이며, 책임은 자연스레 반반의 몫이 된다. 백로를 지나면 자연은 긴 겨울로 들어갈 준비를 한다. 사철나무를 제외하고는 백로의 바람을 견디지 못한다. 굳이 견딜 필요도 없다.

자연의 순리에 따라 움직이면 된다. 청명(清明)은 24절기의 하나로 3월의 절기다. 한식과 같은 날 또는 하루 전날이 되고 때로는 식목일과 겹치기도 한다. 태양 황경이 15도가 되는 때, 양력으로는 4월 5일경으로 춘분과 곡우(穀雨)의 사이다. 곡

우가 되면 지리산에 작설차가 나오기 시작하기 때문에 스님들이나 차를 좋아하는 분들이 햇차를 맛볼 요량으로 잔뜩 기대하는 때다. 이 시기의 봄비가 몇 차례 지나고 나면 꽃이 피기 시작한다. 이 모든 것이 자연의 순리고, 자연과 나의 심리가 일치하면 만물을 바라보는 즐거움이 생긴다.

'오랫동안 노인으로 남으려면 일찍 노인이 돼라'는 그리스 속담이 있다. 노인은 노년의 삶이 있으니까, 오래 살고 싶으면 노년의 삶을 익히라는 뜻이다. 나도 이제 '지천명'에 들어섰으니 보다 지혜롭게 살아야 한다는 다짐을 한다.

어느 날이었던가. 문득 진지하게 죽음을 생각해본 적이 있다. 내가 일군 모든 것을 남겨두고 소멸된다는 사실이 끔찍하게 여겨졌다. 어떻게 하면 마무리를 잘할 수 있을까. 답은 하나, 집착을 잘 다스리는 거였다. 그래서 될 수 있으면 '세상을 너무 좋아하지 말자'고 마음먹는다. 너무 좋은데 어떻게 놓고 떠날 수 있겠는가. 그것은 내가 원하건 원하지 않건 반드시 실천해야 할 덕목이다.

고양이와 나는 서로를 알아가며 잘 지내고 있다. 전에는 출타를 해도 아무 걸림이 없이 다녔지만 이제는 그럴 수가 없다. 내가 없으면 일단 사료를 먹지 않는다. 밖에 돌아다니지도 않고 박스에 틀어박혀 나오지도 않는다고 한다. 어디 다녀오려면 고양이 부탁할 일이 먼저 신경 쓰인다. 지난 초파일 무렵에는 부득이 미국에 다녀올 일이 있었다. 일정을 아무리 줄여도 오고가는 시간까지 거의 보름을 비워야 하는 상황이었다. 부탁드린 스님에게 문자나 사진을 간간이 받아보긴 했지만 그 정도로는 성에 차지 않았다. 여행을 마치고 탑전에 왔을 때는 거의 저녁 무렵이었다. 택시에서 내려 계단을 올라가도 고양이의 기척이 없었다. 다들 어디 갔는지 방문은 죄다 닫혀 있었고 적막했다. 그 순간 마당 끝 잔디 위에 우두커니 앉아 있는 고양이가 눈에 들어왔다.

"냥이야! 잘 있었어?"

고양이는 우는 소리를 내지 않았다. 어쩜 그리 어색할 수 있는지(서먹함이 가시는 데 사흘이나 걸렸다), 지금도 그 순간의 서먹함이 잊히지 않는다. 보름 동안 내가 없었는데도 이곳을 자신의 집으로 생각하고 살고 있었다는 사실이 많이 고마웠다. 아파트에서 살아가는 고양이와 달리 이 녀석은 자기 맘껏 다니기는 하지만 결국 홀로 지내는 것이라서 안쓰러울 때가 많다. 고양이는 높은 곳에서 멀리 바라보는 것을 태생적으로 좋아하는 듯하다. 그래서 바위건 언덕이건 가능하다면 높은 곳에 자리를 잡고 앉는다. 마치 시간이 흘러가는 것을 느끼지 못하고 삼매에 든 선승을 닮았다. 그리고 혼자서도 잘 노는 모습은 '언덕 위에 누워 있는 어린왕자'를 생각하게 한다.

난 가끔 '만약 냥이가 없다면 가장 생각나는 것이 무엇일까?' 하는 망상을 피워본다. 항상 날 기다리고, 밖에서 들어오면 멀리서부터 야~옹, 하며 날 찾던 울음소리, 문을 열어달라고 문을 긁고, 시시때때로 달그락거리며 사료를 먹는 모습, 빗질을 하자고 바닥을 톡톡 치면 다가와서 바닥에 푹 쓰러지며 좋아라 하고, 사리탑이나 풀숲에서 숨바꼭질을 하자고 숨어 다니던 일 등등. 무엇보다 고양이는 나의 출가 인생에 '집에서 기다려준다'는 설렘을 일깨워준 유일한 존재였다. 그래서 출타를 해도 서둘러 들어오고 같은 일정이면 하루라도 줄여서 다녀왔던 이유가 되었다.

부처님은 "살아 있는 모든 것은 다 행복하라. 평안하라. 안락하라"라고 축복하셨다. 어디 탑전의 이 고양이뿐이겠는가. 백로의 바람이 불어와 시들 때 시들더라도, 세상의 모든 생명들과 인간과 더불어 살아가는 모든 반려동물들에게도 더 큰 사랑이 베풀어졌으면 좋겠다.

아무튼 냥이와 나
아직 우리 사이 이별은 모르는 거니까,
냥이에게 보내는 나의 마지막 기도는 이 한마디.

냥이, 우리 오래오래 같이 살자!

봄비가 내린다
꽃이 핀다
바람이 분다
꽃이 진다
……
고양이가 온다

무심코 고양이를 보게 되면 이렇게 생각하세요.
"고양이는 당신의 고독을 응원하고 있다!"고.

아침에는 누구에게나 굿 모닝이 필요하다오.

꼬리는 잘렸지만 당당하게 걷는 데는 별 문제 없어요.

어느 날
고양이가 내게로 왔다

어디에 있느냐보다 어디를 향해 가고 있는지 늘 생각하죠.

틈날 때마다 잘 쉬려고 해요.

어느 날
고양이가 내게로 왔다

그래야 꽃향기를 맡을 수 있어요. 흠~

용기도 연습이 필요해요.
호랑이는 될 수 없지만 그 당당한 외로움은 닮을 수 있죠.

어느 날
고양이가 내게로 왔다

나 혼자 아니에요. 기다리고 있기 때문이죠.
무언가를 기다리는 동안 마음은 자라는 것 같아요.

고양이는 깨어 있는 시간의 반은 그루밍 하는 데 쓰죠.
고양이 세수에 대한 오해는 그만!

어느 날
고양이가 내게로 왔다

까칠하고 도도한 겉모습만 보고 오해하거나 미워하지 마세요.
단지 표정일 뿐이에요.

나는 혼자 모든 걸 결정해야 했기 때문에
가끔 내가 말을 안 듣는 것처럼 보이기도 하죠.

어느 날
고양이가 내게로 왔다

나를 이해해주는 존재는 언제나 당신이기를 꿈꿉니다.

닫는 글

당신이 잘 있으면
나는 잘 있습니다

'숲에 무슨 일이 있었던 걸까······.'

산행 길에 새털이 잔뜩 뽑혀 흩어져 있는 것을 보고 그런 생각이 들었다. 아마 간밤에 새가 무엇엔가 잡아 먹혔나 보다. 1년 넘게 매일 같은 산길을 다니는 중에도 이렇듯 크고 작은 일들을 겪는다. 숲에는 많은 동물들이 살아간다. 그들은 무얼 먹고 살아가는 것일까. 내가 보기에는 걱정스러울 만큼 먹을 게 없어 보이는데 잘도 살아간다. 생존본능이란 스스로를 위험으로부터 보호하는 감각적인 일이다. 그렇지 않고서는 살아남기 어렵다.

고양이를 데리고 숲을 걸어보면 본능적인 행동 하나가 눈에 들어온다. 고양이는 앞만 보고 가지 않는다. 몇 발자국 옮겼다 싶으면 뒤를 돌아 확인하는 습관이 있다. 인간관계에서 가장 조심스러운 게 '뒤통수' 맞는 일이지 않는가. 자기 기분에 취하지 않고 항상 살펴가는 고양이의 태도가 나는 참으로 마음에 든다. 선종에서 '조고각하(照顧脚下)'라 하여 '발밑을 살피라' 하는 법문과 다르지 않다.

요즘 유럽에서는 '라곰(LAGOM)'적인 생활철학이 주목받는다고 한다. 이것은 '적당한 것이 최고'라는 스웨덴식 삶의 교훈이다. 동물들의 경우 먹는 날보다 굶는 날이 더 많다. 배고픔이 일상이다. 그렇다면 그들은 먹는 것보다 굶는 것을 먼저 익히는 것이 생존에 이롭다. 인간의 경우라면 채워지지 않는

탐욕에 열중하기보다는 적은 것으로도 만족하며 살아가는 지혜를 터득하는 것이 나쁘지 않겠다. 내리막길에서는 굳이 달릴 이유가 없지 않는가.

고대 로마의 인사법에 '당신이 잘 있으면 나는 잘 있습니다'라는 것이 있다. 내가 잘 살아가는 것이 우주적으로도 좋은 일이다. 여기서 당신은 나와 관계된 모든 것이다. 고향의 산천도 당신이고, 마음에 두고 살아가는 시간과 공간, 그 속에 존재하는 모든 것이 당신이다. 하물며 사람이랴! 마음이 현자처럼 확장될 수만 있다면 우주만물이 나와 무관한 것이 있을 수 없다. 그래서 세상을 살아가는 첫 덕목이 일체감을 깨닫는 것이다. 가족의 경우라면 더욱 생생하게 느끼는 일이겠지만, 가깝게 생각하는 사람이 잘 살아주는 것만으로도 고마움을 느낄 수 있다. 좀 오버하면 '당신의 존재 자체가 나에게 기쁨입니다'라는 로맨틱한 말이 어렵지 않게 나올 수 있다. 이 사실이 나는 매우 경이롭다. 이야기의 끝에서 우리의 탑전 냥이는 현자처럼 말한다.

"세상사 살펴가며 살아요!"

어느 날 고양이가 내게로 왔다

2017년 12월 25일 초판 1쇄 발행
2024년 8월 1일 초판 6쇄 발행

지은이 보경
발행인 박상근(至紘) • 편집인 류지호 • 편집이사 양동민
편집 김재호, 양민호, 김소영, 최호승, 하다해, 정유리 • 일러스트 권윤주 • 사진 최배문
디자인 쿠담디자인 • 제작 김명환 • 마케팅 김대현, 이선호 • 관리 윤정안
콘텐츠국 유권준, 정승채, 김희준
펴낸 곳 불광출판사(03169) 서울시 종로구 사직로 10길 17 인왕빌딩 301호
        대표전화 02) 420-3200 편집부 02) 420-3300 팩시밀리 02) 420-3400
        출판등록 제300-2009-130호 (1979.10.10.)

ISBN 978-89-7479-375-3 (03810)

값 18,000원